Yours to Keep
Withdrawn/ABCL

02/12/18

D0564786

1917
Traición y revolución

JUAN MIGUEL ZUNZUNEGUI

1917
TRAICIÓN
Y REVOLUCIÓN

Grijalbo

1917, traición y revolución

Primera edición: septiembre, 2017

D. R. © 2017, Juan Miguel Zunzunegui

D. R. © 2017, derechos de edición mundiales en lengua castellana:
Penguin Random House Grupo Editorial, S.A. de C.V.
Blvd. Miguel de Cervantes Saavedra núm. 301, 1er piso,
colonia Granada, delegación Miguel Hidalgo, C.P. 11520,
Ciudad de México

www.megustaleer.com.mx

ISBN: 978-607-315-741-4
Impreso en México – *Printed in Mexico*

El papel utilizado para la impresión de este libro ha sido fabricado a partir de madera procedente
de bosques y plantaciones gestionadas con los más altos estándares ambientales, garantizando
una explotación de los recursos sostenible con el medio ambiente y beneficiosa para las personas.

Penguin
Random House
Grupo Editorial

Mi hermosa pluma brillante.
Mi flor de canela.
Mi hechicera de tiempos antiguos.
Mis alas para remontar el horizonte.
Para ti esta historia de amor y de humanidad.
Para ti, que me ayudaste a perder el miedo al amor
y a sacar lo mejor de mi humanidad.
Para ti, que eres el inicio y el motivo
de esta maravillosa revolución.
Soy tuyo, mi hermoso Quetzal.

El revolucionario es el que quiere cambiarlo todo menos a sí mismo
VITTORIO MESSORI

En las revoluciones hay dos clases de personas;
las que las hacen y las que se aprovechan de ellas
NAPOLEÓN

Moisés fue un reformista, Marx fue un revolucionario.
Jesús y Buda fueron los verdaderos rebeldes.
OSHO

No dejes de creer que las palabras y la poesía
sí pueden cambiar el mundo
WALT WITHMAN

Procura amar mientras vivas: en el mundo
no se ha encontrado nada mejor.
MÁXIMO GORKI

Lo importante no es mantenerse vivo sino mantenerse humano.
GEORGE ORWELL

BERLÍN

9 de noviembre de 1989

1

¡El muro ha caído! Los rumores convertidos en gritos resonaban en las calles de Berlín Occidental, que se autoproclamaba libre. ¡El muro ha caído! El bullicio con esa frase se extendía por el aire y comenzaba a traspasar todos los muros. Los que corrían por la ciudad lo gritaban, y los que aún no corrían, lo replicaban. ¡El muro ha caído! Los cuchicheos brotaban débilmente entre algunos rincones del teatro.

¿El muro ha caído? Esa frase sumió repentinamente a Anastasia en los recovecos más profundos de su mente. ¿Sería posible? ¿El muro? Abstraída del resto del mundo viajó en el tiempo… a 1961, cuando levantaron el muro; a 1949, cuando Alemania quedó dividida… a 1917, cuando comenzó toda la historia.

Un gran sueño de libertad había terminado en una prisión simbolizada por ese muro. Y es que el más hermoso sueño sólo puede convertirse en pesadilla si lo sueña la misma mente perturbada, la misma mente con obsesión de poder, control y domino. Esa es la historia del fracaso de todas las revoluciones, y de la única revolución que nunca ha triunfado.

Cada revolución ha generado una dictadura y cada libertador que no muere a tiempo se ha convertido en un tirano. Todos los sueños humanos han devenido en pesadillas, cada liberación ha implicado un sometimiento y cada cambio ha sido para volver al eterno retorno de lo idéntico.

—¡El muro ha caído! Señores y señoras, me acaban de informar detrás del escenario que ya no existe la frontera de Berlín.

Anastasia salió de sus cavilaciones. Había acudido esa noche al teatro en Berlín Occidental, pero la función no pudo continuar. Fue justo antes de comenzar el último acto cuando la actriz principal salió al escenario y comunicó al público la increíble noticia: el muro ha caído. El aplauso y la ovación por el arte se convirtió en un homenaje a la libertad.

Nadie podía creerlo, y el teatro comenzó a vaciarse de manera intempestiva. Anastasia miró a su nieto con calma. No tenía prisa, aunque su avanzada edad no le permitía ir muy rápido.

—Vámonos, Winston, finalmente ha llegado la hora. Tenemos que ver a Konstantin.

—¡Otra vez ese nombre misterioso, *Babushka* querida! ¿Están diciendo que ha caído el muro de Berlín, y eso es lo primero que viene a tu mente?

—El nombre misterioso que te tiene de este lado del muro, Winston querido. Nunca debes olvidar eso.

—No lo olvido *Babu*…, pero eso es justo lo único que sé.

—Bueno, mi querido *Enkel*, también ha llegado esa hora… Es momento de que conozcas esa historia, ahora que lo que ambos ayudamos a construir está llegando a su fin. Tengo que ver a Konstantin. Llévame a la Puerta de Brandemburgo. En el camino te contaré cómo lo conocí y el inicio de toda esta historia.

—*Babu*… —dijo Winston titubeando—, aunque ese hombre fuera real, es improbable que aún viva; mucho más aún, que viva en Berlín Este, que vaya al muro, y además que lo encuentres.

La abuela miró a su nieto con ternura.

—Querido niño, una historia como la nuestra no puede terminar sin una despedida. Quedamos de vernos este día… Y que nos encontremos hoy es tan improbable como que nos hayamos encontrado al principio de la historia y a cada paso del camino.

La abuela rusa, su querida *Babu*, había vivido la revolución bolchevique desde sus inicios. Esporádicamente contaba historias fantásticas sobre revolucionarios y espías, místicos y santos, misterios y conspiraciones. Agentes secretos. Historias en Rusia, en Europa y en el Imperio otomano. Había conocido, o eso decía, a Lenin, a Trotsky y a Stalin… Pero eventualmente llegaban a ese nombre en el que se detenían todas las historias y los delirios: Konstantin. Él nos salvó a los dos de muchas formas, decía Anastasia, y en ese momento cambiaba radicalmente de tema. Ahora aparentemente llegaba el momento de conocer a un fantasma.

El teatro estaba prácticamente vacío. Anastasia y su nieto seguían dentro, dirigiéndose a la salida a paso lento. La actitud serena de la anciana contrastaba terriblemente con las ansias del joven de veintinueve años que la acompañaba. Winston quería salir a toda prisa, como los demás, correr

13

al centro de la ciudad dividida, a ese muro de vergüenza e infamia para ambos bandos de la Guerra Fría, y constatar aquella inverosímil noticia con sus propios ojos.

Era curioso, el muro en realidad partía Berlín a la mitad y rodeaba, como si fuera un gueto, toda la parte occidental de la ciudad, pero eran los ciudadanos del sector oriental, el comunista, los que estaban encerrados, los que no podían cruzar al otro sector de Berlín, de Europa y del mundo.

Muro de protección antifascista. Ese fue el nombre que le dio Walter Ulbritch, presidente de Alemania Oriental, en 1961, cuando fue construido. Como si millones de habitantes de Europa Occidental quisieran penetrar a la Alemania comunista dominada por la Unión Soviética, cuando en realidad eran tres millones los alemanes orientales los que habían huido antes de la construcción de esa terrible pared.

—¡Muros para dividir países! —exclamó Winston—. Sólo un idiota, un tirano, o la combinación de ambos, podrían concebir algo así.

Anastasia miró con una sonrisa en los labios y un brillo en los ojos a su querido *Enkel*, su nieto alemán.

—Una historia de tiranos, idiotas y traidores, querido Winston, fue lo que transformó el mayor sueño del siglo XIX en la peor pesadilla del siglo XX; el paraíso del proletario libre, en la prisión de trabajadores más grande del mundo. Pero eso ocurrió de ambos lados. Viví en ambos bandos de esta estúpida e inhumana Guerra Fría, y créeme, no había ni hay ningún líder mejor de este lado del muro. Diferentes discursos para disfrazar la esclavitud. La libertad es lo que resultó una quimera inalcanzable.

Anastasia y Winston salieron del teatro los últimos, y en las calles pudieron ver una verdadera revolución. La noticia se esparcía como reguero de pólvora y, al parecer, todos los habitantes de Berlín Occidental se dirigían hacia la Puerta de Brandemburgo, corriendo a toda velocidad para confirmar la noticia.

Caminaron despacio mientras toda la historia transcurría en su mente, la historia de un siglo, la historia de la revolución y de las revoluciones, la historia de traición y poder, de las ideologías contra el amor y las masas contra el individuo, la historia humana. Su propia historia.

Llevaba veintiocho años esperando que ese muro cayera, y no podía creer que aquel día finalmente hubiese llegado. Mientras caminaba, a un paso lento que contrastaba con la celeridad de las multitudes, no pudo evitar pensar en Peter Fechter, la primera gran tragedia en ese muro de ignominia e intolerancia. Evidentemente, Anastasia no conoció a Peter en persona, pero sí su historia y protagonizó en silencio su amargo final.

—¿Conoces la historia de Peter Fechter? —preguntó Anastasia.

—Todos la conocemos en Berlín Occidental, *Babu*.

—Pues volverás a escucharla mientras andamos. Ya sabes que a los ancianos nos encanta contar historias. Y algunas deben ser contadas cientos de veces hasta que aprendamos de ellas.

Winston sonrió ante lo inevitable. No obstante, le encantaba escuchar las historias de su abuela rusa; siempre había pensado que la mitad o más de ellas tendrían que ser delirios, pero no por eso dejaban de ser divertidas e interesantes.

—El último aliento de Peter Fechter fue una exhalación de libertad. Lo último que vieron sus ojos fue un Berlín libre más allá del muro; lo último que pudo escuchar fueron las voces del pueblo alemán en contra de la opresión. Durante una hora fue libre, el tiempo en que la sangre y la vida tardaron en abandonar su cuerpo, abatido a tiros por la guardia fronteriza de la República Democrática Alemana, la Alemania del bloque soviético.

Murió con la dignidad del hombre libre en la frontera entre dos mundos y ante los ojos desesperados de cientos de berlineses que constataban cómo las ideologías eran más importantes que los seres humanos.

Era agosto de 1962. La ciudad había sido dividida con el muro justo un año antes, el 13 de agosto de 1961. Muchas personas habían intentado la huida desde entonces y muchas más lo harían después. Miles lo lograron, cientos murieron en el intento; pero el caso de Peter Fechter conmocionó más que ningún otro y le dio la vuelta al mundo, pues expresaba perfectamente el drama humano de la Guerra Fría, justo ahí en su símbolo más conocido y evidente: el Muro de Berlín.

Peter era un obrero de Berlín oriental de dieciocho años de edad, quien junto con un compañero de trabajo intentó escapar de esa prisión que era la Alemania Oriental y el bloque comunista. La orden era clara contra los fugitivos: disparar a matar. Los dos jóvenes trabajadores habían logrado atravesar la zona fronteriza tras burlar los controles militares y llegar hasta el primer muro.

Lo escalaron. Frente a ellos unos cien metros los separaban de la libertad, los cien metros de la zona de la muerte, el espacio abierto que tenían que recorrer a toda velocidad para llegar al segundo muro, la verdadera frontera; los cien metros que tenían los francotiradores para cazar seres humanos. Detrás de la pared estaba Berlín Occidental y el llamado mundo libre.

Unos metros, unos segundos… eso era todo lo que los separaba de la quimera. Veintiún balas terminaron violentamente con el sueño. Peter pudo ver a su amigo escalando el segundo muro al tiempo que su cuerpo se desplomaba, con heridas en el vientre y la espalda, del lado occidental de Berlín. Era libre. Eso fue lo último que supo. Durante los siguientes cincuenta minutos la policía del lado oriental impidió cualquier intento de rescate del joven agonizante.

Los civiles gritaban consignas, los inermes policías occidentales estaban amenazados por los rifles orientales, y los soldados estadounidenses, responsables armados de la seguridad en la zona, no quisieron hacer nada que encendiera más los candentes ánimos de la Guerra Fría.

Tras cincuenta minutos de agonía pública, Peter murió en la frontera de la libertad; su cadáver fue regresado al lado oriental por la policía comunista. Las ansias de control y dominio van más allá de la muerte. En eso había terminado la gran revolución de los oprimidos: en opresión.

Anastasia lloró. La historia le revolvía el corazón sin importar cuántas veces la recordara. Lo malo de la sociedad actual, pensó, es que se deja contar las historias miles de veces, pero no para aprender de ellas sino para desensibilizarse. Para aprender que el dolor, la muerte y el sufrimiento son cosas normales.

Se encaminaron juntos y con calma hacia la destruida Potsdamer Platz, en la zona del muro, y de ahí dirigirse hacia la Puerta de Brandemburgo. La plaza de la Puerta de Potsdam era una de las entradas a la capital prusiana; un simple cruce de caminos a las afueras de Berlín, hasta que en 1838 se inauguró la estación de tren y poco a poco la Potsdamer Platz se fue convirtiendo en una de las plazas más concurridas y cosmopolitas de Europa.

En 1871 el canciller del reino de Prusia, Otto von Bismarck, entre alianzas y guerras, logró la unificación de un solo Estado alemán. Fue así como nació el Imperio, con Guillermo I de Prusia, ahora convertido en emperador o káiser. Berlín adquirió nuevas dimensiones como capital europea, y la Potsdamer Platz experimentó un auge en la construcción, pues los ciudadanos más importantes y acaudalados comenzaron a establecer sus residencias en la puerta de la ciudad.

Hoteles, restaurantes, comercios y mansiones se convirtieron en la cotidianidad de la plaza desde finales del siglo XIX y hasta la Segunda Guerra Mundial, cuando la ciudad fue destruida por bombardeos británicos; después los aliados ocuparon Berlín y lo dividieron en cuatro zonas para cada uno de los vencedores. La plaza quedó en la zona donde se dividía el sector soviético del estadounidense, y más adelante, con la construcción del muro, se convirtió en tierra de nadie.

La ciudad entera era una fiesta a la que todos estaban invitados; las cervecerías regalaban cerveza en las calles; la gente se abrazaba, cantaba, gritaba y lloraba. Ahí estaba frente a ella la Puerta de Brandemburgo, testigo de la libertad, quizás por vez primera en su historia.

La historia de Berlín ha atravesado una y otra vez por la Puerta de Brandemburgo: en 1806 vio desfilar a las tropas de Napoleón y en 1933 presenció el desfile triunfal de los nazis, después de que Hitler fuera nombrado canciller. La tradición indicaba que sólo los miembros de la realeza podían atravesar por el umbral central; Napoleón y Hitler, los dos emperadores plebeyos de Europa, que tanto decían despreciar a la aristocracia, no pudieron evitar la tentación de desfilar por ahí con sus aires de grandeza.

Ladrón como era, Napoleón se robó la cuadriga que ornamentaba la puerta, una escultura que representa a la diosa de la victoria entrando a Berlín en un carro jalado por cuatro caballos. Siguiendo su tradición de saquear los tesoros del mundo y mandarlos a su capital, tradición en la que sólo lo superaron los británicos, Bonaparte exhibió la escultura en París como trofeo de guerra, hasta que en 1814 las tropas prusianas del general Leberecht von Blücher tomaron la ciudad, guardaron la estatua en cajas y la llevaron a Berlín para su restauración.

El 30 de enero de 1933 el anciano presidente Paul von Hindenburg cedió a las presiones de los nazis y nombró canciller a Adolf Hitler. Esa noche la puerta vio desfilar a quince mil seguidores con estandartes, antorchas y esvásticas. El 1º de mayo de 1945 desfiló por ahí el ejército rojo con su martillo y su hoz, y ahí, en el centro glorioso de Berlín, la ciudad sufrió su herida más profunda dieciséis años después: el muro.

El 13 de agosto de 1961 los berlineses se despertaron para ver cómo una alambrada atravesaba su ciudad. La Puerta de Brandemburgo quedó en medio, en tierra de nadie, condenada al olvido por el conflicto de ideologías. Ahí, en medio de la nada y a la vista de todos, durmió durante veintiocho años. La revolución por la libertad de las masas oprimidas terminó en un muro. En ambos lados las masas fueron oprimidas con diferentes discursos.

Anastasia llegó a la puerta para descubrir que en verdad se había desatado la locura. Ahí estaba el muro, y ahí, sobre él, el pueblo alemán en una gran celebración. La pasión, algo muy raro de ver entre los metódicos alemanes, se desbordaba por todas las calles del sector libre de Berlín.

Anastasia estaba cansada. La abuela rusa le pidió a Winston que la acompañara a una banca y se sentó con su nieto alemán a observar el espectáculo. Los berlineses del este estaban sobre el muro y lo escalaban sin miedo. Vio a los jóvenes corriendo y gritando incesantes, llenos de pasión y de vida. La palabra *revolución* se escuchaba atronadoramente en el ambiente. Cerró los ojos. Presenciaba el fin de la era que vio nacer. "Otra revolución —pensó en voz alta— ¿qué nuevas desgracias podrá traer?"

Parecía que la abuela experimentaba alegría ante lo que, en efecto, parecía ser la caída del Muro de Berlín, pero el nieto no podía dejar de distinguir su mirada apesadumbrada. Él, mientras tanto, estaba absolutamente pasmado, observando todo con extrañeza y total incredulidad, con la mirada de quien está presenciando una nueva era.

Anastasia reconoció esa mirada tan común de la juventud, el fuego queriendo prender, el ímpetu de pasión y revolución que los poderosos siempre terminaban usando a favor de sus mezquinos intereses.

—No puedo creer la suerte que tengo de presenciar esto; la suerte que tenemos, *Babu*. ¡Cayó el muro, *Babu*! Todo ha terminado. Hoy comienza un mundo completamente diferente.

Anastasia sonrió con ternura y observó la esperanza en la mirada de su nieto, su alegría y su júbilo.

—Yo vi comenzar este mundo que hoy parece terminar. No fue mejor que el anterior, a pesar de las promesas. Nada me hace pensar que el que hoy comienza lo sea. No hemos aprendido nada, querido.

A unos cuantos metros frente a ellos se desarrollaba ese cambio de era, esa fiesta sobre el muro, ese fin de ciclo que aún algunos soldados comunistas no entendían y trataban de contener a la multitud con chorros de agua, pero hasta ese acto de represión terminó siendo parte de la algarabía.

La gente caminaba sobre el muro en espera de ser rociada por un bautismo de libertad, y los propios soldados se fueron embriagando de esos nuevos aires. Al final mojaban con potentes chorros de agua a todo aquel que deseara jugar; era como si el pueblo se reconciliara con sus opresores, que finalmente también eran víctimas de la opresión.

Cientos de miles bailaban y cantaban en torno de un muro que ya no tenía ningún sentido. De ambos lados la gente llegaba ya con picos, palas, mazos y todo lo que sirviera para destruir esa miserable pared. Los chorros de agua se confundían con los de cerveza, y los gritos de la gente, con los acordes de músicos que habían llegado a la zona. Los desconocidos de ambos lados se recibían con júbilo, y los conocidos separados tres décadas atrás comenzaron sus inusitados reencuentros.

Anastasia sólo podía pensar en Konstantin: "Querido Tino —dijo para sus adentros—, el muro finalmente ha caído".

2

Konstantin miraba por la ventana la noche que cubría Berlín Oriental. Recordaba el pasado como siempre. Quizás la muerte era la única revolución que quedaba por esperar, la única revolución certera, el único cambio verdadero. Morir y renacer fue la oportunidad que la vida le presentó tantas veces a Konstantin, oportunidad que siempre tuvo la habilidad de rechazar.

Cegado por sus ideologías, o incapaz de aceptar un mundo distinto a ellas, tiempo atrás Konstantin optó por levantar un muro en torno de su corazón, y prefirió quedar atrapado en Berlín Oriental, presenciando cómo todo aquello en lo que había creído, y por lo que había luchado, se convertía en el mismo monstruo que había combatido.

—¡El muro ha caído! —la voz eufórica de su vecina se escuchaba al otro lado de la puerta—. ¡El muro ha caído! La frontera de Berlín está abierta.

Konstantin abrió la puerta para ver a su temperamental camarada, una chica de unos veintiocho años. Normalmente era impertinente llamar a la puerta de alguien a esas horas de la noche —pasaban de las diez—, pero ella y el viejo habían trabado algo parecido a una buena amistad, que se manifestaba en forma de interminables conversaciones taciturnas en las que él contaba sus historias y la muchacha lo escuchaba con paciencia.

La muchacha conocía los hábitos nocturnos de su vecino, que además era el único que quedaba en ese piso de ocho departamentos. El viejo era un ruso sobreviviente de la revolución. Ella lo sabía. Era parte de lo que hacía fascinantes sus historias, aunque Julia siempre pensó que eran un tanto exageradas y fantasiosas.

El ruso aseguraba haber presenciado la caída del zar y haber estado en la estación Finlandia cuando llegó Vladimir Lenin del exilio. Contaba historias en China y en el Oriente Medio "exportando" la revolución, así como grandiosas crónicas en la batalla de Stalingrado, la más sanguinaria de la Segunda Guerra Mundial y de la historia de la humanidad.

Presumía de conocer a Stalin y se jactaba, con mezcla de orgullo y deshonra, de haber colocado la bandera soviética en el Reichstag alemán; cuando fueron liberados de un régimen de terror inhumano, bromeó alguna vez con Julia, por un régimen de terror inhumano de otro color.

Su vecino era, al parecer, el resumen de la historia del siglo y de la revolución. Una revolución que ayudó a luchar, a defender, a expandir y a imponer. Aunque casi no lo comentaba, también vivió lo suficiente como para decepcionarse de ella, y ahora era el turno de verla morir. Quizás no había nada al otro lado de aquella pared para él. Todas sus historias eran sobre la revolución, pero en medio de sus épicas narrativas el viejo siempre rememoraba un nombre con los ojos llenos de nostalgia: Anastasia.

—Herr Konstantin, el muro ha caído. Todos lo están gritando, asómese a la calle.

Konstantin se asomó por la pequeña ventana de su diminuto y viejo departamento. Las calles estaban llenas de esos pequeños autos oxidados que manejaban los berlineses del este, y de gente que corría hacia el centro de la ciudad con lo que podían llevar en las manos. ¡El muro está abierto! Ese clamor no dejaba de escucharse. El viejo volteó a ver a su vecina.

—¿No vas a ir corriendo también, querida Julia?

—Ya no puedo contenerme más Herr Konstantin, pero quise decírselo. El gobierno ya no aguantó después de que Gorbachov anunció que no apoyaría la represión.

—Corre, hija. A ver qué te encuentras más allá del muro.

La joven vaciló. Ciertamente quería salir a toda carrera hacia la Puerta de Brandemburgo, pues, quién sabe, las autoridades podrían cambiar de opinión. La gente literalmente evacuaba Berlín Oriental.

—¿No quiere usted ir, Herr Konstantin?... Yo puedo acompañarlo.

—Sólo te retrasaré, querida Julia.

23

—He esperado toda mi vida, camarada; puedo esperar más. Pero dese prisa. Es imposible saber si esto será definitivo.

—No hay prisa, camarada. Es definitivo. Los soldados soviéticos han desocupado todo país invadido, incluido el tuyo. Ya no hay tropas rusas, Gorbachov ya no apoya al régimen, y ha dejado claro que se ha vendido a los intereses occidentales. Honecker renunció a la presidencia y el gobierno que quedó en su lugar se tambalea. Hoy se termina todo.

La joven y el anciano salieron lentamente del conjunto de edificios de la avenida Karl Marx. Con él comenzaba toda esa historia, desde que en 1848 publicó su *Manifiesto* y convocó al oprimido proletario europeo a liberarse del trabajo enajenado que sólo hacía más ricos a los ricos, a salir de su oprobiosa condición material y espiritual en una gloriosa revolución en la que sólo podían perder sus cadenas. Ese Marx tan prostituido por Lenin y Stalin.

El año 1848 fue el gran año de la revolución comunista en casi cada país de Europa, aplastada toda por la unión ignominiosa de monarcas y burgueses. Fue cuando la burguesía consumó su traición contra el proletariado, ése al que había levantado en armas en 1789 con la promesa de un mundo de igualdad sin monarcas.

El proletariado tomó La Bastilla y acabó con el antiguo régimen y el proletariado se desangró con Napoleón en los campos de batalla para expandir la revolución de libertad, igualdad y fraternidad. Y el proletariado sufrió más que nunca bajo el yugo del burgués después llamado capitalista. Trabajar diez horas diarias, seis días a la semana, durante unos cuarenta años, para enriquecer a otra persona. En eso terminó el sueño de la libertad.

Herr Konstantin y Julia llegaron a la Friedrichstrasse, una de las principales avenidas de Berlín, llamada así en honor de Federico I, primer rey de Prusia, coronado en Berlín en 1701, después de que el sacro emperador Leopoldo elevara su dignidad de gran duque a rey, y Prusia se convirtiera por lo tanto en un reino. Ahí estaban los cimientos de Alemania, unificada como imperio en 1871, desgarrada por los aliados al final de la Primera Guerra Mundial y mutilada después de la segunda.

La Friedrichstrasse era una amplia avenida que precisamente había sido cercenada por el muro, y donde se encontraba el famoso Checkpoint Charlie, el puesto fronterizo estadounidense que controlaba los escasos accesos desde la zona soviética o Berlín Oriental. La guerra había terminado en 1945, pero Alemania y Berlín seguían siendo territorios ocupados.

Si el muro estaba abierto, lo lógico era pensar que ahí sería el paso fronterizo autorizado, pero lo que Konstantin atestiguó rebasó todas sus expectativas. El pueblo alemán, el ordenado pueblo alemán, no estaba siguiendo el orden. Todos corrían hacia la Puerta de Brandemburgo, pues era ahí mismo donde los berlineses de oriente estaban cruzando… por encima del propio muro y ante la mirada atónita de los militares.

"Así que es verdad", pensó Konstantin. La gente está huyendo de Berlín Oriental en libertad. Mientras caminaban, Julia le contó la historia de Chris Geffroy, el joven que apenas unos meses atrás había sido tiroteado por los soldados del Berlín comunista al intentar cruzar el muro. Un muchacho de veinte años tiroteado por su propio gobierno por el delito de querer ver el mundo más allá de esa estúpida pared.

Las autoridades quisieron decir que era un agresor, algún tipo de terrorista en algún tipo de atentado, pero la verdad era evidente hasta para el más obtuso. Ante la terrible imagen, el gobierno suspendió las órdenes de tirar a matar… Era muy tarde para Chris. Ahora el muro estaba abierto.

"Señor Gorbachov, abra esta puerta, derribe este muro." Esa fue la exigencia del presidente Ronald Reagan el 12 de junio de 1987, en un discurso pronunciado en la parte occidental, pero el apoyo estadounidense siempre ha sido pura palabrería. Finalmente, toda guerra requiere dos bandos y eso mismo se aplicaba para la llamada Guerra Fría. Los Estados Unidos eran tan culpables como la Unión Soviética de todo lo ocurrido en cuarenta años de conflicto ideológico.

Apenas un mes antes, el 7 de octubre de 1989, la República Democrática Alemana, como se llamaba irónicamente esa Alemania comunista en la que no había democracia, celebró sus cuarenta años de existencia. "Este muro durará cien años más —había dicho el otrora presidente Erich Honecker—; el comunismo en suelo alemán, en la patria de Marx y Engels, descansa sobre cimientos indestructibles." Diez días después había renunciado junto con todo su gobierno.

—Nunca confíes en las palabras de los políticos —dijo Konstantin a Julia—. El conflicto y la mentira son su trabajo. En 1961, el presidente Ulbricht declaró: "Nadie tiene la intención de levantar un muro". Y ahí estaba el muro un mes después. Y ya ves, éste dijo que le quedaban unos cien años.

—El muro lo tiró Gorbachov —respondió la chica—. Sin su apoyo el régimen no podía continuar.

—El muro lo tiró el pueblo, querida Julia. Nunca lo olvides, el muro lo tiró el pueblo alemán. Mi pueblo lo levantó y el tuyo finalmente lo ha tirado.

La joven y el anciano continuaron su marcha lenta y pausada hacia la Puerta de Brandemburgo. Ciertamente, en el resto del mundo caían muros no construidos. Hungría y Checoslovaquia ya habían abierto sus fronteras hacia Alemania Occidental y el resto de Europa. Meses antes, la valla electrificada entre Hungría y Austria había sido desmontada. La gente comenzó una huida desesperada. Muchos se fueron con lo que podían llevar en las manos. Los automóviles eran dejados en las carreteras hacia la libertad, y las posesiones, por pocas que fueran, eran abandonadas.

La rígida e impermeable frontera entre la Europa comunista y la occidental estaba abierta, y la mayoría de la gente no quería esperar a ver si esa era una medida permanente o una locura temporal. El pueblo comenzó a desertar en desbandada del régimen del pueblo; el proletariado comunista salía huyendo despavorido del paraíso proletario.

—La historia de Alemania se tejió en Rusia, y la de Rusia en Alemania —comentó Konstantin. De aquí salió el apoyo para que Lenin ganara la revolución bolchevique, y fue el heredero, Stalin, el que derrotó y dividió a Alemania. Ahora, querida Julia, las reformas de Rusia afectan a Alemania, y créeme, el derrumbe de este muro alemán sólo es la primera grieta de la gran muralla soviética.

En realidad, el muro había comenzado a agrietarse desde febrero, cuando Mijaíl Gorbachov, como parte de sus reformas, ordenó la retirada del ejército rojo de Afganistán, país que habían ocupado desde la Navidad de 1979, y que nunca lograron controlar por causa de la guerrilla antisoviética promovida en secreto por los estadounidenses.

Pero la orden no fue sólo dejar Afganistán, sino todo país ocupado por la Unión Soviética, lo cual incluía, desde luego, al bloque comunista de Europa Oriental, entre ellos la República Democrática Alemana. Pero Erich Honecker, en el poder desde 1971, se aferraba aunque no contaba ya con el apoyo de Gorbachov. Los tanques soviéticos no entrarían a Berlín Oriental o a la Alemania comunista a sostener un régimen en pleno desmoronamiento. En esta ocasión el ejército del pueblo no sometería al pueblo; no como en Hungría en 1956 o en Praga en 1968.

Konstantin y su acompañante caminaban en medio de una estampida. "Que el último en salir de Berlín oriental apague la luz", se veía escrito en algunas bardas. Las calles estaban abarrotadas de autos abandonados, cuyos dueños prefirieron no esperar y salir huyendo a pie. A lo lejos se escuchaba el bullicio de una fiesta popular. Ahí estaban los berlineses, en efecto, bailando sobre el muro.

—Me ha contado la historia del mundo muchas veces, Herr Konstantin, y en muchas versiones. Pero nunca me ha contado la historia de Anastasia. Esa mujer que siempre aparece y con la que siempre terminan sus relatos.

—A eso vamos al muro, querida Julia. Es hora de ver a Anastasia. Tenemos una cita justo ahí el día de hoy. Si no te importa ser la última en salir de Berlín Oriental, te la contaré en el camino.

De hecho, Konstantin sólo podía pensar en Anastasia: "Querida Annya —pensó en voz alta— el muro finalmente ha caído".

KONSTANTIN

Riga, Letonia. Frente Oriental.
Septiembre de 1916

Tres millones de cadáveres cubrían con huesos y sangre la helada tierra de la madre Rusia en su última línea defensiva. Más al sur, otros tantos millones de alemanes abonaban suelo polaco. En ambos casos cayeron luchando contra hermanos proletarios, cada uno víctima de la ambición de su monarca, fuera el káiser o el zar, ambos con pretensiones de emperador romano, dos primos que se intercambiaban cariñosas cartas algunos años atrás, y que ahora mandaban a sus pueblos a morir en su nombre para arrebatarse pedazos de un territorio que no era de ninguno de los dos.

La palabra *patria* o *nación* se escurría de los labios de cada herido de muerte, convencidos de luchar por algo muy superior que las ambiciones personales de sus amos y señores. Diez años llevaba advirtiéndolo el camarada Lenin: habrá una gran guerra capitalista donde los proletarios, envenenados con nacionalismo, morirán por aumentar el poder de sus explotadores. No era el momento de alimentar una guerra capitalista, sino de aprovechar esa podredumbre del sistema burgués para lanzar la gran revolución mundial.

Ahí estaba yo en la última ciudad y puerto del Báltico que le queda a Rusia. Algún maldito nacionalista serbio había matado al heredero de una familia de asesinos y ladrones, como los Habsburgo del Imperio austriaco. Por qué demonios eso significaba que Rusia y Alemania se destruyeran entre sí, mientras Francia e Inglaterra despedazaban el Imperio otomano. Por qué demonios eso significaba que yo tuviera que estar en un campo de batalla.

Rusia no tenía nada que aportar en la guerra más que personas, escudos humanos para que el zar se repartiera territorios con sus aliados franceses y británicos, que esperaban desgajar el Oriente Medio mientras Nicolás Romanov aspiraba a recibir Constantinopla, la capital del antiguo Imperio bizantino, la segunda Roma, fuente de la legitimidad imperial desde que Iván III, autoproclamado el Grande, se nombrara heredero de la tradición bizantina una vez que la ciudad fue tomada por los turcos en 1453 y en lengua eslava se diera el título romano de César: Tsar.

Contra la inmensa maquinaria bélica que era Alemania, la atrasada Rusia sólo podía aportar campesinos y proletarios, los suplicantes hijos del zar que eran enviados a matar y a morir. Morir en manos del enemigo alemán, o en manos de los oficiales rusos si intentaban desertar. Todo por la mayor gloria de un imperio que no beneficiaba a ninguno de sus hijos defensores.

La guerra comenzó en 1914 y ese mismo año comenzaron las desgracias. El ejército ruso penetró territorio del Imperio alemán sólo para ser destruido en Tannemberg y en los Lagos Masurianos. A partir de ahí se fue perdiendo toda Polonia a lo largo de 1915: Varsovia, el río Vístula, Brest Litovsk. Se perdió Lituania y Curlandia.

Ahora había que esperar a perder la vida en Riga, en la región de Letonia, otro de tantos pueblos que no querían ser parte del Imperio ruso. O, peor aún, ser removido a los Montes Cárpatos para engrosar el ejército del general Brusilov, que, según decía, estaba por derrotar al Imperio austro-húngaro y tomar Budapest.

Evidentemente eso significaba que era necesario enviar a algunos cientos de miles por delante para que contra ellos se gastaran las balas del enemigo. Carne de cañón y abono para el nuevo pasto, ese era básicamente mi destino en el frente oriental de esa estúpida Gran Guerra.

—¿Qué tiene que hacer en la guerra un muchacho de no más de dieciete años?

Era una voz adolorida. Giré la cabeza buscando a mi interlocutor. Era un oficial superior y por lo tanto un aristócrata, de esos que eran sostén de la tiranía zarista. No parecía tener más de cuarenta años; era muy alto y robusto, imponente, quizás uno de esos boyardos siberianos que según las leyendas luchaban contra osos y les ganaban la contienda.

Estaba sentado en un hueco de la trinchera. Era de cabello oscuro, como gran parte de la gente de las heladas estepas, mucho más turcomanos o mongoles que rusos, y de su rostro blanco no quedaba ninguna huella; dos años de pólvora explotando a su alrededor le habían proporcionado una tez de color tizne. Sonreía, extrañamente sonreía en medio de la desolación, al tiempo que encendía medio cigarrillo y me ofrecía la otra mitad.

Comenzaba el invierno, las temperaturas ya estaban varios grados debajo del cero, el lodo del terreno estaba congelado, al igual que la pútrida comida enlatada que una vez a la semana llegaba a lo que habían sido trincheras y ahora eran fosas comunes. Usaba un gran y protector abrigo en el que efectivamente colgaban varias insignias que aludían a su recién ganada nobleza, ganada en batalla, ganada con el asesinato.

—Parece que a nuestro padrecito el zar se le están acabando sus hijos mayores, y comienza a mandar a niños y a ancianos a luchar por su grandeza y sus dominios.

Pronuncié la frase llena de odio y rabia, al tiempo que me daba cuenta de que le había hablado así a un oficial superior, lo cual, en esos momentos de deserción y traiciones de cientos de miles de soldados, se castigaba con la muerte. Pero poco importaba morir en una trinchera abandonada a causa de una bala rusa, que en el campo de batalla traspasado por una metralla alemana.

El hombresote me miró fijamente a los ojos y me examinó de lado al lado, como midiendo mis ímpetus y mi fortaleza. Yo no iba a flaquear ante un maldito noble de reciente cuño.

—¿Así que no sientes reverencia y amor por nuestro sagrado padre el zar Nicolás?

Su hablar era lento y forzado. Apenas balbuceaba algunas de las frases.

—Señor, no señor. Un padre que asesina impunemente a sus hijos sólo merece desprecio.

—¿Cómo te llamas, hijo? —preguntó el oficial.

Me quedé en silencio, bajando la mirada. Pensaba que el nombre es parte de la esencia de una persona, y no quería compartir mi esencia con un aristócrata. El militar se dio cuenta.

—Yo me llamo Konstantin —dijo el oficial al tiempo que me extendía ambos brazos y colocaba sus manos sobre las mías—. Y tienes razón, el zar es un padre infame, nuestra madre Rusia está herida de muerte, y tú no deberías estar aquí.

—Ya no hay hombres en las ciudades —respondí—. Sólo los muy viejos, los muy jóvenes o los demasiado heridos.

—Los demasiado heridos somos inútiles aquí —sonrió el oficial Konstantin—. Nos envían de vuelta a casa sólo para que recuperemos la fuerza indispensable para volver al frente a morir.

En ese momento, ese gigante siberiano, ese oficial por el que yo sentía desprecio sin conocerlo, sólo por el delito social de ser noble, se removió el abrigo de la pierna izquierda y me dejó ver su herida abierta y sangrante. Se podían ver sus músculos destrozados y parte del hueso, todo en medio de una terrible infección.

—Por eso estoy aquí en Riga, muchacho —continuó el oficial—. Es el único puerto que conservamos; hoy me embarcan hacia San Petersburgo.

Hice una mueca de desprecio.

—Claro, los aristócratas siempre reciben mejor trato. Alguien tiene que mandar sobre los sobrevivientes cuando termine esta guerra.

—Si vas a sentir odio y desprecio, muchacho sin nombre, te sería útil encauzarlo mejor. Aunque mucho mejor sería que lo superes. El mundo es lo que es, resultado del odio. Rusia no es un imperio perfecto, pero por lo menos la aristocracia no sólo se hereda sino que puede ganarse, desde que así lo estipuló el zar Pedro el Grande. En Rusia se puede obtener la nobleza por mérito propio.

—¿Su mérito fue matar alemanes inocentes?

—No juzgues lo que no conoces —respondió Konstantin—. Llegué de Yekaterimburgo a Moscú siendo un niño, y de ahí me trasladé a San Petersburgo para estudiar, leer, prepararme, y sí, trabajar al servicio del zar para obtener méritos. Me casé con una hermosa mujer aristócrata, hija de francesa y alemán. Por mí cambió la abundancia en la que vivía, por las penurias y las privaciones de la madre Rusia… Murió en la revolución y la hambruna de 1905.

—Yo… lo siento mucho —dije un poco avergonzado—. Mi madre también murió en los disturbios de ese año. Espero que logre sanar en San Petersburgo, y que sea hasta que esta guerra haya terminado.

El gran hombre siberiano me miró con ternura. Con mucho esfuerzo comenzó a quitarse el abrigo, al tiempo que sacaba de un bolsillo interior un papel y una pistola.

—No voy a sanar, muchacho. Toda mi pierna está infectada hasta el tuétano, y mis órganos vitales comienzan a sucumbir ante el mismo veneno que ya se extiende por todo mi cuerpo. Aquí o en San Petersburgo me quedan a lo sumo unos días. Tú, en cambio, tienes toda una vida que vivir. Ojalá sea una con menos conflictos, aunque la guerra humana nunca termina.

Yo estaba distraído y divagando mientras él hablaba. Salí de ese apático estado tan sólo cuando escuché el disparo y sentí el punzante dolor en mi pierna izquierda. Frente a mí estaba el oficial Konstantin, con la pistola humeante aun apuntando a mi pierna.

—Lo siento mucho, hijo, pero ésta es la única forma como puedes regresar. No es una herida grave; sólo te rocé la pierna. Estarás bien en pocas semanas.

Me mostró el papel que había sacado de su abrigo. Era un documento con el sello del zar y la firma del general Brusilov, autorizando que Konstantin Mijailovich fuera enviado a San Petersburgo a sanar una herida en su pierna izquierda. No especificaba el rango ni la edad.

—¡Qué está haciendo! —pregunté sorprendido.

—Lo correcto —respondió austeramente el oficial.

Una vez terminado el improvisado vendaje le quitó las insignias a su abrigo y me lo extendió.

—Nadie creerá que a tu edad hayas ganado estas condecoraciones. ¿Qué edad tienes, muchacho sin nombre?

Era evidente que cada palabra pronunciada generaba dolor.

—Dieciséis años, señor. Si sobrevivo cumpliré diecisiete el primero de enero. Nací con el siglo.

—Muy bien, pues a partir de este momento eres Konstantin Mijailovich, herido en batalla en tu pierna izquierda, y hoy te embarcas de regreso a San Petersburgo.

Me quedé mudo, atónito. Mi padre, muerto en batalla en esa misma estúpida guerra, había sido un intelectual de ideas socialistas, razón por la cual más de una vez estuvo en la cárcel. Me había hablado de Engels, de Marx y de Lenin desde que tenía seis años, después del llamado Domingo Sangriento de 1905, cuando el zar Nicolás ordenó disparar contra una población hambrienta que sólo suplicaba un mendrugo de pan y un poco de carbón a las puertas de su palacio.

Mi padre siempre me habló de la lucha de clases, de la opresión capitalista, de mineros muertos para sacar el carbón y el oro de los ricos, de los explotadores y los explotados… Y, desde luego, siempre me dijo que los aristócratas eran unos chupasangre sin alma que sólo veían en cada ser humano un objeto utilitario… Y ahí estaba ese aristócrata, ese oficial de rango superior, ofreciéndome primero un cigarrillo, después su abrigo y, por último, mi única opción de sobrevivir a cambio de la suya.

—Yo no puedo aceptar esto —dije sorprendido.

—Puedes, quieres y lo harás —dijo el oficial ya en medio de un rictus total de dolor—. Sólo hay dos cosas que quiero que hagas por mí.

—Claro que sí, lo que usted diga.

—Lo primero es que abandones el odio. Es el odio de cada individuo humano lo que tiene al mundo y a la humanidad en estas condiciones. La conciencia de la humanidad está llena de odio y miedo. Construye un mundo mejor, hijo.

—Lo intentaré. ¿Qué otra cosa quiere de mí?

—Busca a mi hija en San Petersburgo. Es como de tu misma edad… Y entrégale esto.

El moribundo militar dejó caer en mis manos una medalla en forma de estrella de ocho puntas, de plata, con un círculo rojo al centro y unas letras entrelazadas.

—Es la medalla de la orden de San Alexander Nevsky. La obtuve por mis méritos… Fue bendecida por Grigori Yefimovich en persona.

Abrí los ojos con mezcla de desprecio y sorpresa.

—¿Por Rasputín? Por ese monje loco, perverso y degenerado que manipula al zar a su antojo.

—No discutas con un moribundo, hijo… menos aún si está salvando tu vida… Si Rasputín manipulara al zar a su antojo ya estaríamos fuera de la guerra hace mucho.

—Pero dicen de él cosas terribles.

—El mundo está lleno de engaños, muchacho. No juzgues lo que no conoces… Y no juzgues mi última voluntad.

—Lo siento mucho de verdad. Tiene usted razón. Le entregaré esto a su hija y le contaré cómo salvó mi vida. ¿Cómo puedo encontrarla? ¿Cuál es su nombre?

Aquel oficial ruso malherido comenzó a temblar. Trataba de mantener los ojos abiertos y mover los labios, pero le resultaba imposible.

—Míreme, míster Konstantin; míreme, señor. ¿Cómo encuentro a su hija? ¿Cómo se llama?

—Las hijas del zar… —alcanzó a balbucear con los ojos entreabiertos—. Ella… las hijas del zar… Tsárkoye Seló… La Villa de los Zares.

El militar me miró con sus ojos profundamente clavados en los míos. Era una mirada de súplica y desesperación. Súplica por cumplir su última voluntad… y desesperación por no poder pronunciar las palabras.

—Dile que la amo. Cuídala —alcanzó a pronunciar.

Jamás dijo el nombre. Cerró los ojos para siempre y pasó a ser uno más de tantos cuerpos apilados y abandonados en una trinchera. No sabía qué hacer. Yo me consideraba comunista y los comunistas no creemos en Dios, pues sabemos que es uno de tantos mitos con los que han sido explotados los pueblos. Le cerré los ojos con suavidad. ¿Cómo honraba un comunista a sus muertos? ¿Cómo veía la vida y la muerte humana alguien que sólo cree en la materia y no en un alma que la anima?

En ese momento eché una mirada a mi alrededor… Cientos de miles, millones de cuerpos descompuestos eran el paisaje de aquel inhóspito paraje cerca de la ciudad de Riga. ¿Qué significaban esas muertes: ¿tenían algún sentido?, ¿existía algo por lo que valiera la pena vivir y morir? Me eché a llorar.

"Construye un mundo mejor", me había dicho el moribundo. Eso haría con mi vida, esa sería mi causa, la razón correcta para vivir, morir, y quizás matar. Mi madre, aunque apoyaba las ideas comunistas de mi padre, decía que era necesario creer en Dios y me había enseñado una oración. Era uno de mis primeros recuerdos, de mi más tierna infancia, antes de que mi madre muriera tiroteada por la orden de un zar supuestamente nombrado por Dios.

Recé esa oración por el hombre que salvó mi vida al enviarme de regreso a casa. Fue la última vez que recé. Yo no creía en eso, pero aquel hombre se lo merecía. Cómo construir un mundo mejor… Evidentemente había que destruir el existente, levantado sobre cimientos de dolor y opresión.

"Konstantin Mijailovich." Miré el nombre escrito en el documento que constituía mi libertad y mi salvación. Ahora mi nombre era Konstantin Mijailovich. No me sentía digno de usar la condecoración de aquel hombre que salvó mi vida, a la vez que me parecía indigno ostentar una cruz. Pero tenía que recordar a ese ser humano y la última promesa que le hice.

Prendí la medalla por el interior del abrigo, del lado izquierdo. La memoria de Konstantin, la promesa de construir un mejor mundo y la de cuidar a su hija, irían ahí junto a mi corazón. No tenía idea de cómo iba a hacer cualquiera de esas dos cosas.

ANASTASIA

San Petersburgo
Marzo de 1917

Dos hombres fueron fundamentales en mi vida, cimientos para llegar a ser lo que fue y lo que soy. A uno lo he mencionado ocasionalmente; el otro ha sido mi eterno secreto, pero es con él con quien comienza mi historia. Konstantin constituyó el eje de mi vida en un continuo entrelazamiento, no siempre con resultados afortunados, aunque de cada uno aprendieron algo nuestras almas.

Pero yo no hubiera sobrevivido los meses necesarios para cruzarme con Konstantin, ni me habría encontrado con un camino que me llevara hacia él, de haber sido por otro hombre. Fue en medio de la revolución de febrero, tras la caída del zar, y antes de la llegada de los bolcheviques, cuando conocí al misterioso John Mann.

Abdicó el zar y Rusia estaba sumergida en el caos. Esa era la noticia que recorría San Petersburgo y que llenaba de júbilo y algarabía a la mayoría de la gente. El sagrado zar de todas las Rusias, el autócrata divino, el heredero de la gloria romana, el bienamado padre del pueblo ruso…

había logrado ser odiado prácticamente por todos sus desheredados hijos.

¡Revolución! La palabra sonaba en cada calle de San Petersburgo. ¡Revolución!, para muchos, la continuación de aquella que fuera aniquilada a sangre y fuego en 1905, esa en la que murió mi madre, cuando el pueblo suplicó un poco de pan y carbón a su padre el zar, que respondió con plomo y mosquetes.

Le llamaban desde entonces el Domingo Sangriento y, en efecto, fue el germen de la revolución. Fue el 22 de enero de 1905. Rusia había sido desangrada por una guerra que el zar no pudo ganarle a Japón para dominar un punto tan lejano como la Península de Corea. Había poca comida en el imperio y se enviaba a los soldados; poco dinero le quedaba a Nicolás para la guerra y decidió conseguirlo con impuestos al carbón, algo que los rusos no pueden dejar de comprar en inviernos en que las temperaturas bajan unos cuarenta grados más allá del cero.

Yo no recuerdo nada de aquella época, pues tenía sólo cuatro años. En mi memoria están más bien los relatos de mi padre, quien a pesar de todo nunca dejó de servir al zar. Unos doscientos mil hombres y mujeres de las fábricas de San Petersburgo, literalmente muriendo de hambre, se acercaron al Palacio de Invierno, de manera pacífica, guiados por un sacerdote de la Iglesia ortodoxa, el padre Gapón, cantando himnos religiosos y portando estandartes con las insignias imperiales y retratos del zar.

Era en verdad un pueblo suplicante, pero respetuoso de la sagrada autoridad de su padre, que se acercaba honrando la gloria del zar, para hacerle saber sus penares y sus pesares y suplicar un poco de alivio. Fue entonces cuando Nicolás, sumergido en la indolencia de los poderosos, simplemente dio la orden de disparar a la multitud. Cayeron unos mil, entre muertos y heridos, y eso bastó para dispersar a los demás. Mi madre fue de las que nunca se levantaron de entre el hielo y la nieve. Ella, de origen alemán y noble cuna, casada por amor con ruso, noble de título pero pobre, murió en Rusia por el delito de tener hambre y querer alimentarme.

El pueblo murió y los ricos obtuvieron el beneficio, como siempre. Los comerciantes, los empresarios y los aristócratas convencieron al zar de la necesidad de crear una Duma, un parlamento, el vínculo entre el rey y el pueblo que ya existía prácticamente en todos los demás países europeos. Una Duma de ricos donde la mitad de los parlamentarios eran nombrados por el propio zar.

Fueron los obreros, sin embargo, los que sembraron la semilla de la rebelión y comenzaron a desmoronar lentamente los cimientos de la eterna Rusia. Dejados fuera de toda reforma, se constituyeron en organismos proletarios, comités de trabajadores conocidos como sóviets. El zar decidió tolerar su existencia, aunque los rebajó a una comisión encargada de escribir quejas que nunca serían atendidas.

Otra guerra y otra hambruna volvieron a prender la llama revolucionaria. A finales de 1916 el ejército ruso simplemente iba a morir al frente de guerra contra Alemania, los pocos alimentos se destinaban a ese fútil esfuerzo, los campos no dieron sus frutos porque los campesinos también estaban en las trincheras, heladas indómitas azotaron a la pobre Rusia y el zar volvió a fijar impuestos al carbón a un pueblo que moría de frío.

En enero, en memoria de aquel Domingo Sangriento, ciento cincuenta mil obreros, mujeres casi todas, salieron a las calles nuevamente a exigir a la Duma que tomará el poder. El parlamento se reunió a discutir esa cuestión a finales de febrero. No era un asunto baladí. Se trataba de pasar por encima de la autoridad del zar de todas las Rusias.

Fue el Día Internacional de la Mujer cuando todo cambió. Era 8 de marzo en toda Europa, pero 23 de febrero en Rusia; hasta en eso estábamos atrasados por seguir usando el calendario de Julio César y no el del papa Gregorio. Ahora fueron doscientas mil mujeres, pues casi no quedaban hombres en Rusia, las que salieron a exigir pan y carbón, y desde luego, salir de una guerra que estaba destruyendo a Rusia.

La orden del zar nuevamente fue disparar a la multitud. Matar a su propio pueblo en su territorio, mientras otros millones morían ante las balas alemanas en Polonia. Los soldados de la guarnición real, con tanto frío y hambre como los demás, se negaron a acatar la orden. Bastó que los que recibieron la orden de matar decidieran desobedecer para que cayera todo un imperio.

Mientras las tropas se ponían del lado de la multitud, el parlamento consideraba seriamente tomar el poder. El zar ordenó su disolución y los representantes también desobedecieron. Nicolás perdió toda su autoridad. No contaba con el respaldo de sus nobles ni de sus guerreros. No importa que pienses que tu poder viene de Dios; es el pueblo el que te lo quita con un solo acto: desobedecer.

Nicolás II Romanov abdicó, y aunque su hijo, el hemofílico zarévich de trece años, mejoraba su salud gracias a los milagros de mi querido Rasputín, lo hizo en la persona de su hermano el gran duque Miguel. Pero el gran duque no estaba hecho para la realeza: en 1904 había comenzado un amorío con una plebeya de nombre Alexandra, y desde 1907 vivía en tórrido romance con otra plebeya de nombre Natalia. Eso al parecer le resultaba más interesante que el trono; además, se rumoraba que en secreto simpatizaba con la causa revolucionaria.

En medio del caos, Miguel Romanov recibió los derechos de Nicolás, pero tan sólo para declarar que no podía gobernar sin tener el apoyo del pueblo ruso representado en el parlamento, y que una Asamblea Constituyente debería determinar la forma de gobierno. De momento, señaló el gran duque, hay que obedecer al gobierno provisional. Es decir que el último zar de todas las Rusias fue Miguel II Romanov, y lo fue por unas cuantas horas antes de abdicar en el parlamento.

Mi padre, un siberiano de nobleza adquirida por mérito y servicio, había logrado colocarme como doncella de las hijas del zar. Gracias a eso logré vivir con relativa comodidad los tiempos de la Gran Guerra, ahí en La Villa de los Zares, cerca de San Petersburgo. Eran buenas niñas, unas mayores y otras menores que yo; al parecer, la única virtud de Nicolás era ser un buen padre. Pero por sus órdenes había muerto mi madre, y en su guerra sin sentido había fallecido mi padre. Odiaba al zar.

Después de su abdicación quedé en la calle, en uno de los inviernos más feroces que recuerdo. Jamás hubiera sobrevivido sin ese hombre misterioso. John Mann salvó mi vida; lo hizo en muchas ocasiones y de formas diversas.

John Mann apareció en San Petersburgo en septiembre de 1916, y aunque logró convencer al zar y a la corte de sus historias, yo siempre supe que la mitad de lo que contaba era mentira, y la mitad que era verdad estaba bastante aderezada. Con el tiempo comprendí por qué.

Decía ser estadounidense de origen alemán, diplomático representante comercial de hombres de negocios de su país, situación que lo había llevado a Londres, París y Constantinopla durante el último año, después de haber vivido y sobrevivido al hundimiento del *Lusitania,* y que desde la capital del Imperio turco había decidido viajar a San Petersburgo para conocer a Rasputín, cuya doble fama, de pecador y santo, se extendía por Europa.

Era un hombre extraño John Mann. Tenía cuarenta años, viajaba con cartas que lo acreditaban como diplomático estadounidense agregado de negocios, pero al mismo tiempo parecía estar envuelto y un tanto perdido en lo que él mismo llamaba una cruzada espiritual, una búsqueda de Dios y de sí mismo, razón por la cual supuestamente buscaba a Grigori Rasputín.

Lo vi por vez primera en Tsárkoye Seló, la villa que el zar tenía cerca de San Petersburgo, donde vivían sus hijas y sus doncellas, donde la zarina recibía visitas, y donde estaba alojado Rasputín. Era relativamente alto, de piel blanca, cabello oscuro y ojos profundos como la noche. Vestía siempre elegante y austero, de levita negra y larga, siempre alegre y jovial, lleno de todo tipo de conocimientos, y era un gran narrador de historias.

Al parecer, llevaba al zar propuestas de negocios de sus representados, ricos empresarios petroleros de los Estados Unidos que buscaban extraer crudo del Cáucaso, cerca de la frontera turca, por lo que también llevaba la recomendación de firmar la paz con el Imperio otomano y con Alemania.

Aparentemente tenía toda una estrategia para convertir a Rusia y Alemania en las nuevas potencias a través de una serie de propuestas de paz que evidenciarían que eran sólo los ingleses y los franceses los que habían incitado la guerra, y los únicos que saldrían beneficiados de seguir el rumbo de la contienda.

Nunca crucé palabras con él mientras visitaba la villa, aunque sí miradas de suspicacia. Lo vi tener conversaciones con el zar y con algunos príncipes, con enviados británico y con el propio Rasputín. De pronto un día todo cambió; el zar abdicó y él y su familia fueron llevados a Siberia por el gobierno provisional, ante la negativa de Inglaterra de darles asilo. Los privilegios de la familia real fueron abolidos, y así es como yo, doncella de las niñas, terminé en la calle y sin futuro.

—¿Así que la revolución te mandó del palacio a la calle?

Esas fueron las primeras palabras que me dirigió John Mann, en un ruso un tanto pedestre, y aunque identifiqué de inmediato a aquel extraño estadounidense, primero fingí demencia o confusión. No sabía qué pensar de ese hombre, un extraño que apareció de pronto, con gran influencia en el círculo del zar, pocos meses antes de su caída, y que para colmo durante aquellos días se alojaba en el palacio del príncipe Félix Yusupov, el maldito asesino de Rasputín. No sabía qué pensar de ese enigmático personaje y simplemente mantuve el silencio.

—Yo te he visto en La Villa de los Zares —continuó él ante mi indiferencia—. Supongo que la abdicación de Nicolás te dejó en la calle. Yo puedo ayudarte.

—Yo no necesito su ayuda —dije con toda la dignidad que fui capaz de fingir—. Yo también lo he visto a usted entrar y salir de la villa del zar. Yo odiaba al zar, pero gracias él vivía bien, y creo que usted está detrás de su caída. Y amaba a Rasputín, y usted es amigo de su asesino.

John Mann esbozó una sonrisa; era un hombre que irradiaba luz y confianza. En realidad emanaba mucha paz… Pero era un hombre demasiado extraño y envuelto en un halo de misterio.

—Sí que la necesitas, querida niña. Tienes frío, no tienes abrigo y estoy seguro de que no has comido nada el día de hoy y nada caliente en días. Mi hotel está muy cerca de aquí. Yo podría…

—No sé qué está pensando usted, pero no me voy a vender por un plato de lentejas.

No lo dejé terminar. Acepto con vergüenza que lo primero que pasó por mi mente fue algo muy indecente, pero tristemente común. Un hombre rico aprovechándose de la miseria de una mujer joven para obtener de ella placeres pecaminosos.

John Mann se desternilló de risa.

—Tranquila, niña… Se ve que tu vida no ha sido fácil y que no has tenido genuinas experiencias de amor al prójimo. Te aseguro que mis intenciones son buenas. Sólo quiero invitarte a comer y conversar contigo. Después de eso puedes hacer lo que te plazca.

Lo miré con suspicacia y desconfianza.

—Y no, no pretendo pedirte favores sexuales a cambio de nada. ¿Sabes?, aunque seguramente mi vida ha sido más fácil que la tuya, conozco el hambre y el frío, y también he vivido el horror de las revoluciones. Anda, acompáñame, come, y sigue con tu vida si quieres… Pero quizás pueda ofrecerte un empleo… uno decente. Y creo que lo necesitas.

Fue en parte su provocadora sonrisa, en parte lo profundo de sus ojos que estaban llenos de paz, y en gran medida el hambre que carcomía mis entrañas, lo que me hizo seguirlo. Esa fue la mejor decisión que pude tomar en mi vida. Se hospedaba en el Astoria, cerca del puerto, en la mejor zona de la ciudad, con vista a la fortaleza de San Pedro y San Pablo.

En realidad, San Petersburgo era como una mascarada teatral. La entrada por el puerto mostraba una ciudad en toda su gloria con la mejor arquitectura de Europa a la vista de los visitantes, todos los colores y ornamentación de oro en cada fachada mostrando la opulencia de un imperio decadente, pero tres calles hacia adentro todo era barracas de proletarios.

Me senté a comer con él, comida francesa. Nunca la había probado, y era simplemente una delicia. Probé mi primera copa de vino. Experimenté una extraña sensación que me hizo entrar en calor y en confianza. Yo devoraba todo lo que traían mientras él simplemente me observaba.

—¿Cómo te llamas?

—Anastasia —respondí tras unos instantes de duda.

—Y veo que no confías en mí. ¿Puedo saber por qué?

Lo miré a los ojos, tratando de indagar en su alma. Los acontecimientos recientes me decían que podía ser un hombre peligroso. Su mirada, por el contrario, me decía que podía sincerarme con él. El estómago lleno, y la posibilidad de mantenerlo así a diario, me hicieron decidirme.

—Mire, vivo en la Villa de los Zares desde 1914, en que mi padre fue enviado a morir en esta guerra. Mi madre murió antes, en 1905. Culpo al zar de las dos muertes. Pero mi padre, noble de reciente cuño, logró colocarme como doncella de las hijas del zar. Llevaba dos años viviendo cómodamente hasta la abdicación de Nicolás.

—Ya veo.

—No ha visto nada. Odio al zar, pero es agradable vivir sin penurias. Usted llegó en septiembre del año pasado, con historias que me parecen inverosímiles que mezclan los negocios petroleros con la búsqueda de Dios. Y es desde que usted llegó que todo comenzó a complicarse: el zar se fue al campo de batalla a dirigir directamente las operaciones, y mientras, aquí se operó una revolución que terminó con la monarquía. Y como parte de todo eso, su amigo el príncipe Yusupov asesinó a Rasputín... Y creo que usted tiene algo que ver con eso.

John Mann se me quedó viendo fijamente con esa encantadora sonrisa suya.

—Veo que te juzgué bien. Eres suspicaz e inteligente —el misterioso y encantador hombre se acercó a mí—. Mira, Anastasia, no tengo nada que ver con la muerte del monje; de hecho, hubiera querido evitarla. Él recomendaba la paz con Alemania, y eso mismo recomendaba yo al zar. De Rasputín supe todo, de su pasado orgiástico y libertino del que tanto se le acusó en la corte para desprestigiarlo... pero también sé que se convirtió en un verdadero místico, con poderes y facultades casi imposibles de comprender.

—Sus poderes eran ciertos —señalé de inmediato—. Yo presencié cómo el hijo del zar sanaba ante las oraciones de Rasputín; sus hemorragias interminables cesaban cuando el santo le ponía la mano en la frente. Pero también lanzó una maldición sobre Rusia. Dijo que si llegaba a ser asesinado, toda la familia real moriría en menos de dos años y que Rusia se vería sumergida en oscuridad y sangre.

—Rusia estará envuelta en oscuridad y sangre a causa de la traición —aseveró John Mann con total certeza—. La traición entre ustedes y la traición de sus aliados.

—Rusia perecerá porque matamos a un santo —exclamé con lágrimas—. Rasputín lanzó la maldición.

John Mann hizo un ademán para que yo bajara la voz.

—Se discreta, Anastasia. Estamos en el Astoria. Aquí está gran parte de los diplomáticos extranjeros de los países aliados, y espías de todo el mundo, comenzado por los países aliados. La muerte de Rasputín es un tema que le interesa a muchos.

—No me va usted a decir que los diplomáticos y los espías se interesan en maldiciones.

—No creo que haya sido una maldición, querida; más bien fue una visión. Cuando yo estaba en Constantinopla, en verano del año pasado, los ingleses, los franceses y los rusos estaban llevando a cabo un plan para destruir el Imperio otomano y repartírselo. De ese despojo nacerá más de un siglo de guerra, según anunció Rasputín en una de sus profecías.

—¿Profecías?

—Así es, Anastasia; el monje Grigori Yefimovich no sólo tenía el don de la sanación, sino el de la clarividencia, la capacidad de ver el futuro. En realidad, los posibles futuros, ya que, al no haber ocurrido y depender del presente, el futuro se está transformando de manera constante. No obstante, hay futuros mucho más posibles que otros. Eso es lo que él veía.

Recuerdo muy bien que en ese momento tuve ganas de salir huyendo, a pesar de que el hambre y el instinto me pedían quedarme. Los rusos hemos tenido fama de ser muy religiosos y, por causa de ello, profundamente supersticiosos, pero ese hombre de pronto sonaba completamente loco. Se decía estadounidense, parecía versado en varios temas, muy culto y entendido, de escuelas y universidades, pero de repente estaba ahí frente a mí hablando de profecías y futuros en movimiento.

—Rasputín sabía cosas, Anastasia, cosas que yo sé, o intuyo, o deduzco, después de más de veinte años de viajar haciendo negocios por el mundo. Pero es imposible que el monje, que antes de la corte rusa sólo estuvo en pueblos perdidos de Siberia, pudiera siquiera vislumbrar. Yo ya había escuchado de él, pero fue cuando conocí algunas de sus profecías que decidí a venir a San Petersburgo.

—Bueno, señor Mann, si es que ese es su nombre —dije levantándome de la mesa y comenzando la retirada—, le agradezco la charla y la comida; la verdad es que sí me hacía falta… pero creo que ya no tenemos de que conversar más.

—No sé si era un santo —dijo John Mann en voz alta detrás de mí—. No sé si fue un profeta —continuó mientras se ponía de pie y caminaba hacia mí—. Lo que sí se es que era un sanador milagroso. Y lo sé porque, aunque yo mismo no pude creerlo, de hecho, aún me cuesta trabajo creerlo, me sanó a mí.

—¿A usted? Y ¿de qué?, si se puede saber.

—De dos heridas de bala del pasado, una de las cuales me dañó varios órganos internos que hoy parecen estar perfectos —al tiempo que hablaba me condujo nuevamente a la mesa—. Una cosa más, Anastasia. Rasputín también sanó al príncipe Félix Yusupov, quien, aunque estuvo involucrado, no fue el asesino. Al monje lo mató un agente del servicio secreto británico. Uno que se aloja en este hotel.

—Usted no es un representante diplomático de negocios estadounidense, ¿verdad?

—Sí lo soy, pero también soy otras cosas. Si decides ayudarme te irás enterando de más, conforme sea necesario.

—¿Qué necesita de mí y qué me ofrece a cambio?

—Muy bien. Para empezar, te ofrezco tres comidas diarias, que te hacen falta, y hospedaje aquí en el Astoria; en una habitación distinta a la mía, al otro extremo, si así lo deseas. También te ofrezco una cuenta en Suiza con cinco mil libras esterlinas. A cambio sólo necesito información, ayuda y colaboración.

—¿Qué tipo de información y de colaboración?

—También de eso te irás enterando, pero un poco de todo. Nada indecente, poco peligroso; información cultural de tu país… Cosas que sepas de las calles… pero particularmente necesito que me ayudes a vigilar a un grupo de rebeldes en especial, de esos que están en primera fila para la nueva revolución.

—¿Cuál nueva revolución?

—Te enterarás de muchas cosas, pequeña. Puedo contarte muchas cosas, enseñarte la triste realidad acerca de cómo funcionan los gobiernos y las casas reales, pero, principalmente, enseñarte el verdadero rostro de los revolucionarios y las revoluciones, un engaño para diseñar el mundo según los intereses de muy pocos hombres poderosos.

—¿Y cómo sabe usted todas esas cosas?

—Tú no confías en mí, Anastasia, y yo no te conozco; no sé si puedo confiar en ti, pero necesito colaboración… Y algo en el fondo de mi ser me dice que eres tú. Una chica de tu edad en plena revolución comunista es una colaboradora perfecta. De momento sólo te diré que no trabajo para ningún gobierno. Sí, represento a un grupo de magnates, pero en realidad sólo los utilizo. En la última revolución que viví aprendí a trabajar sólo para mí mismo.

—Parece ser usted un experto en revoluciones.

—Hoy en día me llamaría a mí mismo un cazador de revoluciones. Pero en realidad busco la paz.

—¿Entre Rusia y Alemania?

—Dentro de mí mismo, en la revolución que ningún revolucionario plantea: la interior.

—Quizás —dije con suspicacia—, pero de momento estamos hablando de una revolución política y quiero saber cuál.

—La que comienza hoy, Anastasia. La caída del zar sólo fue el inicio. Hoy comienzan muchas cosas.

—¿Por qué?, ¿qué pasará hoy?

—¿Has oído hablar de Vladimir Ulianov, alias Lenin?

—Todos hemos oído hablar de él. Es el revolucionario más famoso de Europa. Pero también todos saben que está varado en Suiza, exiliado desde hace una década.

—En eso te equivocas, Anastasia. Vladimir Lenin llegará hoy a la estación Finlandia, aquí en San Petersburgo. Lo envían los alemanes, y casi te puedo asegurar que logrará tomar el poder. Es lo único para lo que regresa a Rusia.

KONSTANTIN

Estación Finlandia, San Petersburgo
Abril de 1917

Parecía que la revolución comenzaba con fiesta. No habían dado las nueve de la noche, los últimos rayos de sol se reflejaban aún en la vía del tren, y la estación de Petrogrado ya estaba atestada de gente ansiosa de recibir al camarada Vladimir Lenin. Diez años llevaba fuera de Rusia, aislado en su exilio suizo desde que fracasó en encauzar la revolución de 1905.

Desde Suiza, Lenin fue un adalid de la paz y profeta de la guerra. Mucho antes de que asesinaran al Habsburgo y comenzara el conflicto mundial, Lenin ya advertía que una contienda de magnitudes catastróficas amenazaba Europa, pues la guerra es la esencia del capitalismo una vez que ha llegado a su máxima etapa de evolución: el imperialismo.

Los capitalistas de las potencias europeas llevaban años luchando por dominar rutas comerciales marítimas y terrestres, controlar mercados de forma exclusiva, y, lo más importante, conquistar el mayor número posible de colonias a lo largo del mundo, pues precisamente las colonias garantizaban mercados y recursos. La competencia capitalista necesariamente generaba imperios, y los imperios, sean políticos o comerciales, desde el inicio de la civilización hasta nuestros días, siempre han chocado.

Pero estos imperios son máquinas de matar. Esos son los estados nacionales, grandes corporaciones donde unos pocos mandan y administran el trabajo y la riqueza de una gran masa que sólo obedece. Grandes fábricas y mercados que inyectan el veneno nacionalista en el proletariado para convertirlos en soldados, en las armas con que dichos imperios se disputan el mundo.

Ese más o menos era mi discurso entusiasta y rebelde que daba a los jóvenes camaradas del partido mientras esperábamos la llegada de Lenin. Dos cosas eran fundamentales para destacar en el partido: ser un buen intelectual marxista y ser un buen orador. Por herencia de mi padre yo era las dos cosas, y crecer dentro del partido se había convertido en una obsesión para mí.

Estaba dispuesto a construir un mundo mejor y sabía que los comunistas tendríamos éxito ahí donde los burgueses habían fallado. La nuestra sería la verdadera revolución de la libertad, la igualdad y la fraternidad. Me sentía afortunado y agradecido por haber sobrevivido a la guerra y gracias a eso poder presenciar el fin de una era y el nacimiento de un nuevo mundo. Desde el Partido Comunista llevaríamos a cabo la revolución mundial.

Llegaba la era de la revolución social. Si, estaba seguro. Sólo eso podía significar esa gran guerra europea; el colapso de los sistemas capitalistas controlados por los burgueses. Por toda Europa el esfuerzo bélico comenzaba a desmoronar a los regímenes que, bajo el disfraz de la democracia parlamentaria, escondían un nuevo tipo de esclavitud: la del proletario industrial. Toda la riqueza de Europa se basaba en el despojo que cada país hacía del planeta, y la riqueza de cada país se basaba en el despojo que los capitalistas llevaban a cabo sobre los obreros.

—¡El gobierno provisional de Kerensky no cambiará las cosas! Seguirá mandando proletarios al frente de esta guerra capitalista y seguirá siendo un gobierno representante de los ricos. La caída del zar no ha sido el final, sino el inicio de la revolución —gritaba con entusiasmo ante varias docenas de jóvenes que se arremolinaban en torno de mí. Lo cierto es que clamaba y replicaba ideas de Lenin, pero las había hecho mías hasta sentirlas hervir en la sangre.

En primera fila estaban mis incondicionales y entusiastas camaradas: Aleshka, Katya y Vladislav. Konstantin era un nombre demasiado imperial para un comunista, así que me hacía llamar Tino. Nadie usaba su verdadero nombre, porque nos dedicábamos a actividades clandestinas… ¡Vaya, y porque éramos comunistas! Había que usar un alias; lo usaban Lenin, Trotsky y Stalin.

Éramos inseparables. Compartíamos refugio, alimentos e ideas. Éramos hermanos en la revolución.

Vladislav trabajaba en un astillero, donde la explotación y el abuso estaban a todo vapor, ya que los submarinos alemanes no dejaban de hundir barcos rusos, barcos de vapor que nada podían hacer ante los motores que funcionaban con petróleo de la flota alemana. Katya trabajaba de costurera desde los catorce años; confeccionó muchos uniformes militares en los últimos años.

Los cuatro compartíamos un cuarto cerca de la avenida Nevsky, en la parte en que dejaba de ser escaparate para viajeros y se internaba en las zonas obreras. Vlad y Katya estaban fuera todo el día… circunstancia por la cual la camarada Aleshka y yo aprovechábamos esa intimidad para terminar toda disputa intelectual con buen sexo, nuestra pequeña distracción en medio de la guerra.

Aleshka y yo no teníamos trabajo, por lo que nos dedicábamos al estudio y nos entregábamos en cuerpo y alma al partido. Éramos los más dedicados del grupo a la promoción de las ideas y de la revolución.

Leíamos y discutíamos a Marx y sus diferencias con Bakunin; Marx, a pesar de hablar de la vía armada, pensaba que en las sociedades industriales modernas la vía parlamentaria abriría espacios a la causa proletaria. Bakunin era un guerrillero intelectual, convencido de que la burguesía jamás daría nada por la buena más allá de migajas. Era necesario destruir los estados desde sus cimientos y colectivizar todas las propiedades. Lenin, por marxista que se dijera, coqueteaba mucho con las ideas de Bakunin.

Y ahí estaba yo, en primera fila, para recibir a Lenin en la estación, gritando proclamas y discursos entre detractores, seguidores y curiosos.

—¡Kerensky no es diferente al zar! Lo apoyan los aristócratas y los burgueses, incluso los socialdemócratas, y hasta esos traidores de los mencheviques en el Sóviet de Petrogrado.

—¡Lenin ya ha pactado con los alemanes! —clamó una voz al fondo—. Es aliado del káiser. No quiere la revolución sino el poder para él; por eso rompió con los mencheviques que buscan una verdadera representación popular.

El ajetreo se hacía cada vez mayor en la estación de tren. Lenin llegaría a las once de la noche, según había logrado telegrafiar a su hermana desde Estocolmo. Ya eran miles en el andén, casi todos comunistas, pero no todos simpatizantes de Lenin y su facción bolchevique. Los ánimos de hecho comenzaban a caldearse y algunos seguidores de diversos sectores comenzaban a amagar con llegar a los golpes.

—Tranquilos, camaradas —grité—. Es importante el respeto a las ideas.

—Lenin no respeta ninguna idea que no sea suya —bramó otra voz.

—¡Es importante permanecer unidos! —seguí gritando—. Separarnos es lo que quiere el enemigo.

—Lenin pactó con el enemigo —gritó alguien más.

—Lenin se aprovecha del enemigo —aventuré—. No es un secreto que el káiser quiere a Rusia fuera de la guerra para conquistar Francia. El camarada Lenin se aprovecha de la discordia capitalista. No generemos esa discordia entre nosotros. Lenin tendrá que someterse a lo que determine el Sóviet, pero de momento el Sóviet está lleno de traidores a la causa.

La causa… Toda mi vida luché por la causa. Pero la causa nunca fui yo. Era imposible vislumbrarlo en ese momento.

El andén era un hervidero de gente. Lenin se había convertido en el profeta de la revolución, y como tal se le recibía, como a un mesías. Los que lo amaban y quienes lo repudiaban, los inconformes, los desposeídos, los esperanzados. El pueblo esperaba a su libertador entre todo tipo de proclamas.

El tren que traía a Lenin a encabezar la rebelión entró finalmente a la estación Finlandia de San Petersburgo. Se detuvo, se abrieron las puertas del vagón y la música acabó momentáneamente con las discusiones. Eran las once de la noche. Lenin apareció en la entrada de aquel vagón y una banda comenzó a tocar *La Marsellesa*, himno de Francia, pero antes de eso el himno original de los revolucionarios de 1789.

La Marsellesa era una recepción irónica para un líder revolucionario en Rusia. Ciertamente era el himno que entonaron quienes derrocaron a Luis XVI en la Revolución francesa; pero por cuestiones de la historia de la música, también era la melodía que recordaba a todos los rusos la gran victoria contra Napoleón y los franceses.

En 1882, el genial Piotr Ilyich Tchaicovsky estrenó en Moscú la triunfal *Obertura 1812*, que no es otra cosa más que una oda a la victoria rusa sobre las tropas revolucionarias de Napoleón en aquel año.

La obra comienza con himnos religiosos de la Iglesia ortodoxa, para recordar cómo desde los templos se convocó a los rusos a las armas, y con esas melodías se van mezclando marchas religiosas y danzas clásicas eslavas que representan al pueblo defendiendo a su madre Rusia.

De pronto, la guerra. Los metales comienzan a tronar y entre las melodías eslavas comienza a escucharse *La Marsellesa* para representar la invasión de los franceses. *In crescendo*. Cada vez con más fuerza y brío para simbolizar la aparente derrota tras el incendio de Moscú. Pero entonces viene el contraataque. Cinco disparos de cañón en la obra musical indican el avance ruso, al tiempo que los acordes de *La Marsellesa* comienzan un *diminuendo*, hasta que lo francés se disuelve en la melodía de *Dios salve al zar*. Los rusos han vencido el invencible Napoleón.

Así pues, *La Marsellesa*, pieza musical que en Francia representa el triunfo de la revolución sobre la monarquía, en Rusia simboliza el triunfo de la monarquía absoluta sobre la revolución. Pero ese era el himno revolucionario por excelencia, y con esas notas recibieron a Lenin cuando finalmente arribó victorioso.

Terminaron los discursos, era hora de que hablara Lenin. Muchos esperaban ansiosos el desconocimiento del gobierno provisional y el llamado a las armas. A lo lejos, el camarada Leopold me hizo una señal para guardar silencio.

Leopold tendría entre quince o veinte años más que yo, probablemente rozaba los treinta y cinco. Nuestra amistad comenzó porque le gustó mi nombre. "Konstantin —me dijo el día que lo conocí—, el nombre más popular de los emperadores bizantinos, y que le da nombre a la ciudad eterna en la que nací."

Había nacido en Constantinopla, la ciudad eterna a la que los turcos llamaban Istambul, capital del Imperio otomano, donde había una importante colonia armenia, cada vez más discriminada por la élite turca. Por eso desde que era muy niño su familia se mudó al Cáucaso, la tierra por derecho de los armenios, dentro de los límites del Imperio ruso. Ahí conoció al camarada Stalin.

La revolución que esperábamos comenzar con Lenin no era en absoluto rusa, sino internacional. "Proletarios del mundo, uníos", había dicho Marx; y era, entre otras cosas, una invitación a no dejarnos dividir por los discursos nacionalistas, sino a hacer una conciencia mundial proletaria. Ahí en Petrogrado no sólo había rusos, también había lituanos, polacos, checos, rutenos, eslovacos, moravos, e incluso alemanes, y muchos hermanos ucranianos, como León Trotsky. Todos unidos por el comunismo y listos para la revolución.

El camarada Leopold era un hombre extraño. Siempre estaba serio, siempre pensativo, siempre mostrando ser el pensador, filósofo y literato que era. Su rostro le ayudaba. Era totalmente calvo, con un cráneo redondo al estilo

Lenin, usaba gruesos anteojos, y sus cejas eran muy grandes y pobladas, como puntiagudas, enmarcando unos ojos azul claro muy profundos. Parecía un soñador al que la vida había convertido en guerrillero. El mismo proceso en el que estábamos todos.

Además de un intelectual reputado, era de familia leal a la causa. Su padre se había ido a América en 1905, para enviar dinero a la familia, pero también para trabajar en extender la causa en los países capitalistas. Leopold era quien lideraba el grupo donde estábamos Vlad, Katya y Aleshka, junto con otros jóvenes que nos reuníamos a estudiar a Marx, leer los artículos de John Reed, debatir sobre Bakunin y sus conflictos con Marx, devorar todo lo escrito por Lenin, desde luego, y fantasear con las utopías de Walt Withman y Henry David Thoreau. Por encima de todo eso, desde luego, planear y organizar la revolución.

Leopold se me acercó discretamente al oído al tiempo que me señalaba a lo lejos a un hombre y a una muchacha.

—¿Los conoces? —inquirió.

Miré con atención. Era un hombre de unos cuarenta años, alto, elegante, con ropa negra y austera pero evidentemente fina. Y sí, lo conocía. Bueno, lo había visto rondando tanto la Villa de los Zares como el Palacio de Invierno, entre noviembre del 16 y la caída del zar en marzo del 17.

Evidentemente, era un aristócrata, y aunque algunos de esos burguesitos simpatizaban con la causa, también era cierto que muchos querían evitar a toda costa la segunda etapa de la revolución, la comunista. También era evidente que no era ruso, bien podría ser alemán, francés o español, no estaba seguro. Ciertamente Rusia estaba llena de periodistas, intelectuales, corresponsales y espías de toda Europa.

—Lo he visto en el pasado—respondí—. Amigo del zar y de algunos príncipes, según me parece. ¿Por qué?

—Te ha estado observando, si no a ti por lo menos al grupo, me inquieta. ¿Conoces a la chica la? Hay que estar atentos.

Nunca en mi vida había sentido lo que sentí en ese momento. Aquella chica era hermosa, desde luego; vestía ropas finas pero gastadas, como aristócrata en decadencia, pero fue algo mucho más que eso. La vi a la distancia y algo se movió en lo profundo de mi mente. Jamás la había visto, pero algo en ella me resultaba familiar. Era una joven de unos diecisiete o diceciocho años con una mirada que, sin razón alguna, me llenaba de paz.

Tenía edad de ser su hija, pero, así como él era evidentemente extranjero, a todas luces ella era rusa. Las guerras siempre han propiciado la prostitución. Los soldados necesitan mujeres, los aristócratas buscan saciar los instintos que niegan en público, y tristemente las mujeres en las condiciones de miseria provocada por el capitalismo y sus conflictos terminan por sucumbir a la necesidad.

Eso parecían aquellos dos individuos, un burgués y su amante. Aunque también podía ser un disfraz. Había enemigos por todos lados; el camarada Leopold siempre me advertía sobre eso. Desde el vagón de tren Lenin seguía exaltando a la multitud:

—¡El gobierno de Kerensky es imperialista de pies a cabeza! —clamaba a lo lejos—. Un gobierno comprometido con los mismos intereses con los que estaba comprometido el zar, un gobierno para que los burgueses puedan seguir extendiendo su sistema capitalista. Por lo tanto, es un gobierno que seguirá en esta guerra capitalista por el reparto del mundo, y que seguirá enviando obreros y campesinos a morir.

El burgués y la muchacha escuchaban a Lenin con atención, mientras él no dejaba de decirle cosas al oído a ella, al tiempo que discretamente señalaba a Lenin, a algunos de sus acompañantes en el vagón de tren, y al propio camarada Leopold. Hubo un instante en que tuve la impresión de que me veían a mí.

—Cuando el nuevo gobierno les habla suavemente y con promesas los está engañando —gritaba Lenin a la distancia—. De este gobierno no conseguirán nada que no sea guerra, hambre y terratenientes, cuando lo que todos ustedes necesitan es paz, pan y tierra. ¡Todo el poder para los sóviets!

Ese era el grito de la revolución. Tras la caída del zar, el parlamento nacional o Duma se había constituido como gobierno provisional y habían proclamado la República Nacional Rusa, aunque muchos en el seno de ese gobierno republicano seguían buscado caminos para volver al zarismo. Pero ante el poder aparentemente legal de la Duma, depositaria de la abdicación de Nicolás y Miguel Románov, estaba el verdadero poder legítimo, el del pueblo, los obreros y los campesinos representados en los sóviets.

La figura del sóviet fue el único rasgo popular que surgió y sobrevivió a la revolución fallida de 1905, tras el Domingo Sangriento. En aquel tiempo la burguesía negoció con el zar instituir la Duma, y al verse dejados a un lado, los obreros de San Petersburgo organizaron un consejo de obreros y de trabajadores de la ciudad, que terminó siendo liderado por León Trotsky. El Sóviet de San Petersburgo fue disuelto por la policía del zar en diciembre de ese mismo año, pero la idea del trabajador como fuerza política y social había quedado plantada.

Tras la abdicación del zar se volvió a formar el Sóviet de San Petersburgo, ciudad ahora llamada Petrogrado, y otras urbes como Novgorod, Kiev o Moscú siguieron el ejemplo. La situación en Rusia era de un delicado equilibrio; el poder legal, el de la Duma, no hacía ni decidía nada sin llegar a algún acuerdo con el poder legítimo, el del pueblo, representado en el Sóviet de Petrogrado.

Todo el Imperio ruso, como base de una revolución mundial, gobernado y administrado por consejos de obreros y campesinos, los trabajadores, los verdaderos creadores de la riqueza. Un mundo con un solo gobierno que tan sólo fuera ejecutor de las decisiones de obreros y campesinos de todo el planeta representados en sóviets. Esa era la utopía final que Lenin construía basado en Marx; esa era la poderosa idea que yacía detrás de una frase tan simple.

—¡Los obreros y los campesinos no necesitan a la burguesía para gobernarse! —gritaba Lenin a lo lejos—. ¡Todo el poder para los sóviets!

De pronto el hombre y la hermosa chica desaparecieron entre la multitud. A lo lejos, el camarada Lenin efectivamente invitaba al pueblo a la verdadera revolución.

ANASTASIA

San Petersburgo
Mayo de 1917

Muchas veces le cambiaron de nombre a la ciudad, pero para mí siempre fue San Petersburgo. La ciudad construida por orden del zar Pedro el Grande, quien para disimular que la nombraría en honor a sí mismo decidió que era en honor a la gloria de san Pedro. Fue fundada oficialmente en 1703, después de arrebatar la salida del golfo de Finlandia al Imperio sueco. Finalmente, el sueño ruso de una salida europea el mar se convertía en realidad.

El zar Pedro buscaba que Rusia se acercara a Europa en todos los sentidos posibles, principalmente el comercial y el económico. Quería una Rusia europea, por eso mandó llevar arquitectos italianos y franceses a diseñar su ciudad, viajó por astilleros alemanes y holandeses para aprender la construcción de barcos según las más modernas técnicas, y bautizó a la ciudad en alemán: San Petersburgo, la ciudad de san Pedro.

Así se llamó desde 1703 hasta 1914, cuando al estallar la guerra contra Alemania parecía impopular que el nombre de la ciudad estuviera en el idioma del enemigo, así que el zar Nicolás decidió nombrarla en ruso y en honor a su fundador: Petrogrado, la ciudad de Pedro.

Como muestra de que efectivamente ninguna revolución externa funciona si no hay revolución individual, personal e interna, de que los libertadores de hoy son los opresores de mañana, de que el liberal se vuelve conservador en cuanto toma el poder, y de que el derrocador toma siempre la misma actitud que el derrocado, los bolcheviques comenzaron a llamarla Leningrado, nombre oficializado por Stalin en 1924. Stalin, evidentemente, no perdió la oportunidad de nombrar una ciudad en honor a sí mismo en cuanto tuvo la oportunidad.

Las obras comenzaron el 16 de mayo de 1703, cuando se colocó la primera piedra de la Fortaleza de San Pedro y San Pablo, punto defensivo de los rusos, con edificios, prisiones, palacios y hasta una catedral. Unas treinta mil personas murieron para convertir ese lodazal en un puerto. El eterno problema del precio del progreso: el precio lo pagan los de abajo, y sobre sus cadáveres, el progreso lo disfrutan los de arriba.

Así pues, era 1917 y San Petersburgo se llamaba Petrogrado. Era un día soleado, despejado, y para cualquier ruso, caluroso: unos doce grados centígrados; John Mann y yo salimos del hotel Astoria en dirección a la estación ferroviaria Finlandia. Ahora todos los días llegaban revolucionarios a la capital rusa, y ese día llegó uno que resultó ser particularmente importante.

Tenía sentido que el hotel Astoria fuera sede de periodistas, embajadores y espías; no sólo era el más lujoso de la ciudad, sino que no podía estar mejor ubicado: frente a la Catedral de San Isaac, prácticamente sobre la ribera sur del río Nevsky, muy cerca del puerto, a escasos pasos del Palacio de Invierno, y tan sólo a un cruce de puente de la estación ferroviaria Finlandia. Era, en definitiva, el mejor lugar para investigar, cubrir, planear u organizar una revolución.

—¿Y cuál es la mentada diferencia entre bolcheviques y mencheviques —pregunté sin mucho interés a John. Finalmente había accedido a tratarlo sin formalismos y llamarlo John. Además, era necesario.

—Estoy seguro de que ni ellos lo saben con certeza. Diversas formas de interpretar a Marx, unas más dictatoriales que otras. Hay una cosa clara: los mencheviques piensan que Lenin es un fanático dispuesto a romper toda negociación, todo equilibrio pacífico, dar un golpe de Estado y tomar el poder. Para él la revolución es su religión y está dispuesto a dar su vida, o la de otros, como sucede en las religiones, con tal de imponer su causa.

—¿Y qué piensas tú?

—Que tienen razón. Lenin ha manifestado que el único parámetro moral o ético es la revolución, así como se ha manifestado contra las mejorías en la situación de vida de los proletarios por toda Europa.

—No entiendo; ¿qué no es lo que busca el comunismo, que el proletariado viva en mejores condiciones?

—Eso es lo que discuten con los socialdemócratas a los que llaman economicistas. Los economicistas argumentan que es válido apoyar un sistema burgués si éste mejora las condiciones de vida de los trabajadores. Los más ortodoxos de cierta interpretación del marxismo, los bolcheviques, precisamente, argumentan que se busca libertad, una libertad que simplemente es imposible en el sistema capitalista, cuya esencia es esclavizar al trabajador y vivir de su trabajo. Es decir, en su esencia el marxismo señala que no se trata de ganar más o vivir mejor, sino de destruir un sistema que vive de convertir al ser humano en una cosa. No importa si esa cosa está bien pagada.

—¿Y qué dice Lenin?

—Según Lenin, cada trabajador que mejora sus condiciones de vida es un revolucionario menos. Les llama, con desprecio, proletariado aristócrata. La mejoría de vida en un sistema capitalista es a lo que más teme un revolucionario como Lenin; eso le quita a su carne de cañón. Por eso él no quiere negociar con el gobierno provisional ruso, porque está accediendo a las demandas obreras, y ese sería el aborto de la revolución que busca.

Llegamos a la zona del Palacio de Invierno, el más majestuoso de toda Europa, sede del poder de los zares desde 1730, y en aquel momento, sede del gobierno provisional de Alexander Kerensky. Atravesamos por el muelle de palacio hacia la Iglesia de la Santa Sangre Derramada. La iglesia estaba ofrendada supuestamente a la sangre derramada de Jesús, pero ese era otro disfraz de los delirios de la grandeza zarista, ya que en realidad fue erigida en honor de la sangre derramada por el zar Alejandro II, cuando murió víctima de un atentado en 1881.

Alejandro II fue un zar moderno que rechazó el absolutismo, liberó a los siervos feudales y comenzó a otorgar libertades. Lo mataron. Su hijo, Alejandro III, gobernó completamente receloso de la modernidad y regresó a tiempos y métodos muy medievales. Él no fue asesinado, ¡aunque vaya que hubo intentos fallidos por hacerlo! Uno de ellos llevado a cabo por Alexander Ulianov, hermano mayor de Lenin. Lo cierto es que sus actos revolucionarios siempre tuvieron un dejo de venganza.

Pasamos el templo siguiendo la rivera empedrada del Nevsky para cruzar el puente que nos llevaría a la estación

Finlandia. Los revolucionarios no sólo llegaban a Rusia por docenas, sino que lo hacían a la estación que estaba casi enfrente del palacio donde trataba de sobrevivir el gobierno.

—¿Y quién llega en esta ocasión? —pregunté a John Mann.

—Éste es todo un revolucionario errante; la revolución lo ha mantenido toda la vida en el exilio. Viene de estar exiliado en los Estados Unidos, Canadá y Londres. Se hace llamar León Trotsky.

—¿Y el qué es?, ¿bolchevique, menchevique, socialista, anarquista?

—Es parte de lo que sabremos hoy. Es comunista marxista, eso es seguro. Desde 1903 en que se escindió el partido estuvo cerca de los mencheviques y los pacifistas; ahora parece estar con Lenin. La esencia de todo revolucionario es traicionar sus ideologías, y eso es porque en realidad sólo tiene una causa: el poder.

—Bueno, ¿y éste por qué nos interesa?

—No estoy seguro. Lenin llegó de Alemania, con apoyo alemán, en un tren alemán, y con diez millones de marcos en oro que le dieron en Berlín. Quiere tomar el poder y firmar la paz con los alemanes, incluso sacrificando territorio. Este otro, Trotsky, llega de los Estados Unidos, sale de aquel país durante los mismos días en que ese gobierno decide declarar la guerra a Alemania, y al parecer llega más radical que nunca, con la idea de una revolución mundial que debe comenzar precisamente por Alemania. Al parecer Lenin trabaja para los alemanes, para sacar a Rusia de la guerra con Alemania, y quizás Trotsky trabaje para los estadounidenses, para generar conflictos internos en Alemania. Todo a través de rebeldes rusos.

—¿Qué está pasando en Rusia? —pregunté asustada.

—Lo que ocurre por ahora es que Rusia no existe. El actual gobierno sólo se sostiene porque al seguir en la guerra lo sostienen sus aliados. Diversos países mandan espías a encender diversas ramas revolucionarias. Rusia murió a la mitad de la guerra, esa es la realidad, y se convirtió en un botín que tratan de arrebatarse ambos bandos, comenzando por Inglaterra, Francia y los Estados Unidos, sus principales aliados y traidores.

—Yo sigo sin saber qué buscas tú en todo este conflicto.

—Te prometo que pronto lo sabrás. Te puedo asegurar esto: no hay mayores enemigos externos para tu país que los ingleses y los estadounidenses, que por cuestiones muy personales también son algo así como mis enemigos. No hay aliado más conveniente para Rusia que el Imperio alemán, al que por razones sentimentales considero amigo, y no existe peor enemigo interno para tu querida Rusia, y para los propios comunistas de verdad, que Lenin y los bolcheviques, que por asuntos filosóficos y humanos también considero indeseables.

—¿Eres enemigo de los enemigos de mi país? ¿Es lo que quieres decir?

—Y por lo tanto amigo tuyo. Lo que quiero decirte es que con eso debe bastarte por ahora. Pero ya te hice la promesa: pronto lo sabrás.

Finalmente, llegamos a la estación Finlandia, que nuevamente era un hervidero de personas que oscilaban entre toda la gama de la izquierda política. Que los comunistas estuvieran tan en desacuerdo entre ellos en cuestiones económicas me parecía sensato; establecer todo un nuevo sistema económico que evite la explotación no es una cosa fácil. Pero que esas discusiones los dividieran hasta hacerlos rivales extremos de facciones irreconciliables, me hacía entender que no eran muy diferentes de aquellos a quienes buscan derrocar. Finalmente los dominaba la ambición de tener un país a su disposición

Llevaba un mes viviendo en el Astoria en una habitación contigua a la de John Mann, y el trabajo no parecía tal en lo más mínimo. Se había dedicado a charlar conmigo durante horas interminables. Al inicio, sus conversaciones evidentemente eran un interrogatorio para saber más de mí, pero horas después, él con whisky y yo con vino francés —¡ah, cómo aprendí a disfrutar ese placer burgués!—, era evidente que su conversación tenía como único objetivo paliar su soledad.

Mi otra gran actividad era leer, leer muchísimo. Diariamente llegaba con dos o tres textos de ilustrados franceses, de empiristas ingleses, idealistas alemanes, y desde luego marxistas, y casi todos los días, en algún momento, se dedicaba a dar interminables discursos acerca de cómo funcionaba el mundo desde el inicio de la civilización. Lo único que sí tenía que hacer todos los días era escuchar las reuniones de aquel grupo de rebeldes y darle notas. John sabía dónde se reunían y había encontrado un punto perfecto desde el cual yo podía escuchar sin ser vista.

John Mann era sumamente atractivo, por su cabello negro ondulado, sus ojos profundos, su maravillosa sonrisa, pero ante todo por su gracia. Vivía en medio de una guerra mundial y siempre estaba sonriendo. ¿Quién era ese hombre? Sabía de ciencia y tecnología, de filosofía social y metafísica, de geografía, de historia, de petróleo, y contaba fascinantes historias que entrelazaban todas las revoluciones del mundo como si fuera una sola.

Era un erudito que de pronto estaba loco; pasaba de lo profundamente racional a lo hondamente religioso sin que para él existiera alguna diferencia entre dichos temas. Hablaba muy bien el inglés, el francés y el alemán, y su ruso comenzaba a fluir. Para colmo, sus apasionantes historias no podían ser ciertas, pero quizás eran su parte más fascinante.

No, no puedo ocultar que sentí atracción por John Mann desde la primera conversación que tuve con él, una vez que comprendí que efectivamente no me quería de prostituta. Pero él nunca propició un acercamiento que yo pudiera considerar romántico o erótico, y yo en ese momento jamás me habría atrevido a dar ese paso.

Nos miraban de forma muy suspicaz, con pensamientos pecaminosos. En definitiva, extraño ver a un extranjero de cuarenta años con una rusa de diecisiete. Él tenía la idea de que pareciéramos una joven con su padre, o un tío, pero la situación concupiscente y libidinosa que imaginaba la mayoría de la gente era, en definitiva, un disfraz perfecto.

Me compró ropas finas, aunque de segunda mano, y él también cambió sus prendas por unas más gastadas. Decía que así podríamos pasar perfectamente como gente afortunada de la clase trabajadora, o desafortunados de la clase comerciante. Bien podría parecer que apoyábamos a una causa o a la otra. Parecía un experto en el arte de sobrevivir.

—Entonces tú piensas que Lenin es un espía alemán —le dije en el andén atestado de gente.

—No sé si un espía, pero parece trabajar para ellos. Mira, vive en Suiza desde 1905, viaja a encontrarse con intelectuales, escribe libros, panfletos y memorias, juega ajedrez con Máximo Gorki, se desplaza por Europa a las asambleas del partido. Vive sin una sola preocupación económica, sin tener actividades económicamente productivas. Un matón del partido que se hace llamar Stalin comete robos y asaltos para financiar al partido, pero no basta con eso.

—¿Entonces?

—Ese es mi punto. Mira, en 1903, cuando ocurrió esa división entre mencheviques y bolcheviques, al Partido Obrero Socialdemócrata ruso, como se llamaba entonces, lo financiaban sobre todo dos gobiernos: el de Inglaterra y el de los Estados Unidos. Con la crisis de 1907 bajó ese financiamiento, pero en 1911 eran apoyados nuevamente, lo cual terminó con el estallido de la guerra en 1914, cuando Rusia resultó necesaria para los aliados. Pero desde 1915 recibe apoyo económico alemán.

—Nada de eso tiene sentido —señalé—. Es evidente que el partido de Lenin desestabiliza a Rusia, que es amiga de Inglaterra y los Estados Unidos. Sólo me hace un poco de sentido lo del apoyo alemán, precisamente para desestabilizar Rusia, sacarla de la guerra y concentrarse contra Francia.

—Querida Anastasia —me dijo John Mann—. ¡La política es un estado de guerra perpetua. Es un montón de niños con armas que quieren todo para ellos. No existen las amistades, sólo los intereses, y los de Inglaterra y los Estados Unidos consisten en destruir imperios donde haya recursos necesarios para su crecimiento industrial. En lo que va de este siglo los estadounidense ya sembraron revoluciones y guerras civiles en Nicaragua, México, Cuba, las Filipinas y China, mientras que los ingleses llevan décadas minando al Imperio otomano y al Imperio ruso, que a su vez, intenta desestabilizar al austriaco, cosa que conviene a los ingleses. Los austriacos, por su lado, están en el fondo de su decadencia y ya no pueden desestabilizar ni conquistar nada más. Su último intento fue precisamente con Serbia, y ahí comenzó esta guerra que se les salió totalmente de control, y de la que tanta ventaja están obteniendo los que al parecer no la causaron: Inglaterra, Francia y los Estados Unidos.

Afortunadamente llegó el tren a la estación justo cuando comenzaba otro discurso geopolítico conspiratorio de John. Al parecer, el camarada Trotsky era esperado con tanta vehemencia o más que el propio Lenin. Sus escritos habían dado la vuelta al mundo y para muchos era la pieza fundamental en la naciente revolución. Sólo había una densa expectativa flotando en el ambiente: ¿estaría o no del lado de Vladimir Lenin?

John y yo nos manteníamos a cierta distancia de la multitud; entonces vimos nuevamente al grupo al que aparentemente John le seguía la pista. Ahí estaba ese hombre que se hacía llamar Leopold, con el grupo de jóvenes entusiastas que lo seguían; entre ellos, desde luego, estaba él, al que llamaban, o se hacía llamar, camarada Tino.

Tino era un muchacho como de mi edad, pero desde que lo vi en la estación, un mes antes, cuando la llegada de Lenin, algo se había movido dentro de mí. Era evidente que la revolución le bullía en la sangre. Era alto y robusto, pero además se veía poderoso, valiente, heroico, noble.

Además, era físicamente hermoso, de rostro muy cuadrado, pálido, con cabello en apariencia rubio, pero de esos de muchos colores, profundos ojos verdes con una mirada de fuego, de esas llenas de ideales y esperanzas. Vestía uniforme de intelectual de izquierda; traje negro desgastado, con chaleco, sin corbata… y un abrigo que arrastraba por el piso, que evidentemente había sido de alguien mucho más alto. No había dejado de pensar en él desde que lo vi. Eso lo notó John desde el principio.

—Ahí están, Anastasia.

John interrumpió mis cavilaciones, señalando al camarada Tino en el andén.

—Explícame qué pretendes obtener de ese grupo de muchachos entusiastas de la revolución.

—Nada de ellos. Anastasia, ese tipo de jóvenes idealistas y rebeldes sólo tienen dos destinos posibles: o son la carne de cañón de los que toman el poder, y mueren jóvenes y heroicos, o sobreviven a su propio idealismo, escalan las nuevas estructuras de poder, y usan a jóvenes entusiastas e idealistas como carne de cañón. En realidad, me interesa el tal Leopold. De momento, gracias a ti, ya sé lo más importante que necesitaba saber de él.

En ocasiones John Mann era muy insensible al hablar; muy crudo y rudo. Con el paso del tiempo descubrí que sólo decía las cosas como son. Bajé la mirada con tristeza.

—No tienes que seguir haciendo esto si no quieres, Anastasia. Me di cuenta desde el principio que aquel muchacho, Tino, te llamó la atención; te vi contener el aliento… Y tú causaste el mismo efecto en él.

Me ruboricé completamente. Ese es el tipo de secretos que una mujer no quiere compartir con nadie, sino atesorar en su corazón. Cuando un hombre despierta tus emociones más íntimas y tus sentimientos más hermosos, había que guardarlos en un lugar especial y secreto. Era algo que no quería compartir con un desconocido… mucho menos con ese desconocido al que comenzaba a conocer, y que, a su forma, también se iba consiguiendo un lugar especial y secreto.

—¡Qué estás diciendo! —exclamé totalmente ruborizada—. ¿Cómo puedes saber esas cosas?

—Querida, gran parte de mi trabajo es saber cosas, y ser muy observador. Desde que te señalé al grupo me di cuenta de lo que Tino provocó en ti, y créeme, me di cuenta de que lo provocaste en él… Y todo eso, por cierto, también generó algo de malestar en Aleshka. Él es un gran y entusiasta orador, y como parte de tu trabajo llevas un mes escuchándolo hablar. Estoy seguro de que eso habrá dejado una huella en ti. Mira, Anastasia, lo que más necesitaba de Leopold es información que ya tengo. Ya veremos cómo cambiar el resto del plan.

Según me había contado, John estaba seguro de que Leopold era uno de los conspiradores fundamentales de los bolcheviques; se dedicaba a sabotajes y atentados contra los enemigos imperialistas, fuera lo que eso fuera para él, al tiempo que colaboraba con Stalin en la obtención de fondos a través del robo, el asalto, el secuestro o cualquier otro método.

Como buen bolchevique, decía que la revolución y su triunfo eran el único parámetro moral. Pero como muchos revolucionarios, decía John, estaba confundido y no sabía quiénes eran sus verdaderos enemigos, razón por la cual mantenía un interesante lazo con agentes británicos.

John Mann se mostraba extrañamente interesado por aquel hombre. Seguramente Leopold había comenzado como aquellos jóvenes, me había dicho; entusiasta y lleno de ideales, con proyectos para cambiar el mundo, sin darse cuenta de que lo único que cada individuo pude cambiar es a sí mismo, que esa es la única revolución que puede triunfar, la más difícil, y la que nadie quiere llevar a cabo.

Los revolucionarios quieren que cambien los otros, decía John, que cambie el mundo, que cambien los gobiernos, los gobernantes, los sistemas… Y evidentemente cada revolucionario piensa que él no tiene nada que cambiar. Ahí termina la revolución antes de empezar. Cada revolucionario, como cada ser humano, pretende tener la razón y las razones, y por lo tanto tiene claro que los demás deben ajustarse a sus ideales, los adecuados y correctos. Cada revolucionario es el eje de la revolución de los demás, y sabe que todo estaría bien si todos aceptaran sus razones.

—Puedo hacerlo perfectamente —dije con confianza.

En realidad, lo que John quería era simple: que me acercara al grupo y tratara de ganarme su confianza. Una chica de dieciocho años, caída en desgracia por la guerra y las políticas del zar, era una revolucionaria en potencia, y tenía sentido que buscara acercarse a los rebeldes. También por eso me tenía estudiando intensamente a varios pensadores y filósofos. Estos rebeldes, decía John, como los de 1789 o los de 1848, aprecian mucho el intelecto.

La forma de acercarme al grupo, ganar su confianza y enterarme de cosas, dependía completamente de mí. Podía acercarme a través de las chicas, Aleshka y Katya, buscando la empatía de género, o podía acercarme a través de los muchachos, fuera Tino o Vladislav, lo cual evidentemente implicaba usar mis encantos femeninos. Básicamente, seducirlos. Un hombre con su testosterona a todo lo que da, me había dicho John, es poco más inteligente que un gorila entrenado… A veces, menos.

—Ese muchacho estuvo observándote hace un mes y reconozco la mirada con que te veía. Es la misma con la que tú lo observas. Además, ya no es necesario.

—No estoy prendada de nadie —respondí con enfado.

—Las revoluciones no son tiempos de amor, querida Anastasia, aunque el amor sea la única revolución que puede triunfar, cosa que desde luego no saben los revolucionarios. Ellos aman causas y no personas.

Ahí comenzaba la parte extraña de John Mann. Parecía espía, a veces pirata o mercenario; conocía las cloacas más putrefactas de la política mundial, cloacas en las que no había dejado de sumergirse… y de pronto comenzaba con extraños discursos de amor o compasión que me resultaban un tanto ingenuos, más en un hombre de mundo como él.

—¡Que no estoy prendada de nadie! —respondí con un poco de desesperación—. Mucho menos de ese muchachito.

Señalé hacia donde estaba el grupo sólo para darme cuenta de que ninguno de ellos continuaba ahí. Era muy fácil perder el rastro de alguien en un andén atestado de rebeldes.

—¡Esta es apenas una etapa intermedia en la revolución! —clamaba a lo lejos la voz de León Trotsky—. La burguesía derrocó al zar a principios de año, y ahora el proletariado debe arrancar ese poder a la burguesía. Esta revolución será total y no como las del pasado. ¡Todo el poder para los sóviets!

La multitud bramó. Lenin llevaba un mes en San Petersburgo azuzándola, echando fuego a la hoguera revolucionaria, creando división y discordia, y según decían algunas personas, John Mann entre ellos, planeando una toma violenta del poder. "¡Todo el poder para los sóviets!", había vociferado Lenin a su llegada a Rusia, y ahora la misma frase salía de los labios de Trotsky un mes después.

—Todo el poder para los sóviets —dijo John en voz baja—. Así que Trotsky se decidió por los bolcheviques.

—Cuéntame más de esa historia, entonces.

—Trataré de hacerla breve. En 1903 se reunió en Londres, auspiciado por aquel gobierno, el congreso del Partido Obrero Socialdemócrata ruso, que era ilegal dentro de Rusia. Surgió una discusión sobre la forma de interpretar a Marx, que siempre pensó su comunismo para países de gran desarrollo industrial, como Alemania, no para imperios feudales como el zarista.

—No lo estás haciendo breve —dije con sonrisa burlona.

—Muy bien; el resumen es que un grupo del partido, más fiel a la ortodoxia marxista, hablaba de la necesidad de una etapa burguesa en Rusia para después pasar a la revolución comunista, así como hacer un partido de masas como base para dicha revolución. Estos fueron los mencheviques. La facción de Lenin, los bolcheviques, pugnaron por olvidarse de la etapa burguesa y hacer directamente una revolución social con obreros y campesinos, dirigidos, eso sí, por un partido pequeño, centralizado y de intelectuales que garantizara el orden social.

—Parece un poco dictatorial.

—Bueno, no hay que olvidar que Marx usó la frase "dictadura del proletariado". Lenin la reinterpreta como una dictadura con el proletariado como pretexto. La idea ya la tenían los revolucionarios franceses de la Ilustración: la visión de que el pueblo es tonto y no puede ni podría gobernarse, por lo que debe ser guiado por intelectuales que sepan, con base en las ciencias sociales, lo que el pueblo necesita. El gobierno del pueblo para el pueblo, por el pueblo… pero sin el pueblo. En 1903 Trotsky se distanció de la postura de Lenin.

—Y se distanciaron geográficamente también —aseveré.

—En efecto, mientras Lenin, en términos generales, vivió un cómodo exilio en Suiza, Trotsky ha vivido toda una aventura desde aquel año. Se alineó a los mencheviques por considerar que las posturas de Lenin eran dictatoriales, pero luego los mencheviques traicionaron a la facción de Lenin denunciándolos ante el zar.

—Pero eso es una vil traición.

—Como lo es todo en las revoluciones. Ambas facciones querían el poder, los bolcheviques por la vía revolucionaria y los mencheviques por la vía reformista. El caso es que Trotsky pasó 1904 en Munich haciendo teorías revolucionarias y en 1905 volvió a Rusia, donde creó el Sóviet de San Petersburgo, lo que le costó su arresto y su exilio a Siberia. De ahí logró huir a Finlandia y después a Londres, donde volvió a disentir con Lenin. Después viajó por Berlín, Viena y Polonia, editando un periódico clandestino. Al comenzar la guerra, en 1914, logró llegar a Francia, de donde fue deportado a España, de donde logró huir a los Estados Unidos… de donde viene llegando el día de hoy.

—Me parece que sabe usted demasiado del camarada Trotsky —dijo una voz a las espaldas de John Mann— y que quiere saber mucho más, de él y de todos.

Se me heló la sangre en ese momento. John se quedó quieto y levantó las manos a medias. Me di cuenta de que la voz era la del camarada Leopold, quien tenía una pistola apoyada contra la espalda de John. Estábamos en medio de una multitud de revolucionarios y rebeldes, todos en contra del zar y del capitalismo, pero también en contra de ellos mismos debido a todas las facciones que habían creado.

No hubiera sido difícil matar en silencio a alguien sin tener que justificar nada. También parecía sencillo organizar un linchamiento; bastaba decir que allí había un contrarrevolucionario. Entonces me di cuenta de que el grupo de jóvenes de Leopold también estaban ahí a su alrededor, Aleshka, Katya, Vladislav… y él.

Ahí estaba el camarada Tino, ese joven de sangre rebelde, mirándome fijamente. Todo el pudor con el que me educaron me invitaba a bajar la mirada, pero algo mucho más fuerte me hizo sostenerla: retarlo, demostrar que no tenía miedo, que también tenía fuego en la sangre.

—Somos más amigos de lo que usted cree —dijo John Mann con suma tranquilidad, en un ruso bastante aceptable pero que lo evidenciaba como extranjero—. No necesita el arma.

—Eso ya lo veremos —dijo el camarada Leopold al tiempo que amartillaba la pistola—. No me gustan los desconocidos que están interesados en mí.

—¿Esta es su revolución? —pregunté desafiante—. ¿Matar a los que les parecen sospechosos, disparar contra los que quizás piensan diferente…? Eso ya lo venía haciendo el zar.

John me lanzó una mirada con la que claramente me ordenaba que guardara silencio. Pude ver asombro en la mirada de Leopold, y sí, noté cómo el tal camarada Tino me miraba con una especie de admiración o reconocimiento por mi valentía.

—Soy un corresponsal estadounidense —dijo John—. Puede ver mis identificaciones en mi abrigo. Por eso sé y por eso pregunto. Ustedes quieren salir de la guerra y necesitan la paz con Alemania. A mí me interesa la paz con Alemania, como a su camarada Lenin. Sabe, yo pienso que Rusia y Alemania podrían unir a toda la Europa Oriental bajo un régimen soviético. Eso también lo saben los británicos y buscan impedirlo a toda costa. Yo conozco a sus verdaderos enemigos.

—¿Ah, sí? —exclamó Leopold—. ¿Quiénes son?

—John Scale y Oswald Rayner, los espías británicos que mataron a Rasputín.

En ese momento Leopold dio un paso atrás, sin dejar de apuntarle a John. Era evidente que éste había logrado impresionarlo de alguna forma.

—También conozco el nombre de la persona que fungió como contacto de esos espías —en ese momento John Mann se giró de forma inesperada y por demás audaz, con una pistola en la mano apuntándole a Leopold—. Sé que es armenio, que se llama Levon y que es comunista… Y se hace llamar camarada Leopold.

Un instante de menos de unos pocos segundos transcurrió como a lo largo de horas. Todos estaban inmóviles, impactados, boquiabiertos, cruzando miradas.

—¡Muchachos! —gritó Leopold.

En ese momento salieron revólveres de los abrigos de los cuatro jóvenes camaradas. John Mann, siempre imperturbable, esbozó una enorme y serena sonrisa.

—Tranquilo, Levon. No soy tu enemigo. Sé tu nombre porque me lo dijo tu padre, Levon Zoravar. Él me pidió que te buscara.

El camarada Leopold se quedó quieto, imperturbable, mirando a John de arriba abajo como catándolo.

—Puede ser —dijo finalmente—.Pero el mundo está lleno de enemigos disfrazados. Camaradas —dijo esbozando algo parecido a una sonrisa—, esto sólo lo puede definir el Gran Oso. Vamos.

El grupo comenzó a moverse, llevándonos con ellos. John me dirigió una mirada y me habló en inglés.

—Finge sorpresa. Hoy la estrategia será la verdad.

KONSTANTIN

San Petersburgo
Mayo de 1917

La primera vez que vi a Anastasia fue en la estación de San Petersburgo el día de la llegada de Vladimir Lenin. La segunda, en el mismo sitio un mes después, cuando llegó el camarada Trotsky. En ambas ocasiones con ese hombre misterioso, el tal John Mann que tanto influyó en nuestras vidas.

Recuerdo con vergüenza lo primero que pensé al verla, más allá de quedar prendado por su belleza y algo más en su ser: que era la amante de un burgués. La segunda vez que la vi fue cara a cara, sosteniéndonos mutuamente la mirada, el día que arribó Trotsky; en esa ocasión pensé que era el enemigo. Uno valiente.

Salimos todos juntos de la estación de Finlandia hacia barrios un tanto más arrabaleros de Petrogrado hasta llegar a la taberna del Gran Oso, llamada así en honor del hostelero y propietario, un vikingo de casi dos metros de alto y probablemente lo mismo de circunferencia; pesaría sin duda unos ciento cincuenta kilos, y con su melena, sus barbas y su vello corporal, se cubría de pelo cada parte de su cuerpo.

Cada uno de sus brazos era del grosor de la pierna de un hombre fuerte, y con cada uno podía vaciarse por el gaznate un botellón de vodka sin que hiciera mella en su cuerpo.

Ahí, en la taberna del Gran Oso, había un salón trasero donde solíamos reunirnos a discutir temas acerca de la revolución, planearla y soñar con ella. Leopold indicó a Anastasia y a John Mann que se sentaran y él permaneció de pie. Miró detenidamente a aquel hombre durante algunos minutos antes de hablar

—¿Entonces, según dices, eres amigo de mi padre?

—Lo conocí en Nueva York. Nos hicimos buenos amigos.

—Los amigos de mi padre… si en realidad lo son, también son mis amigos —dijo finalmente Leopold—. Cuéntame todo lo que debas contarme. De ti y de él, de América. ¿Cómo lo conociste?

—Trató de matarme una noche de octubre de 1914. Esa noche yo le perdoné la vida y nos hicimos amigos, otra noche el salvó la mía, y un día naufragamos juntos en el mismo barco cuando decidió que era momento de volver a su tierra. Lo siento… él no logró sobrevivir.

Se hizo un silencio sepulcral en el salón adyacente del Gran Oso. Todos sentimos un profundo pesar y Leopold volvió a su mirada de estoicismo que lo caracterizaba.

—Vodka para todos —gritó al tabernero gigante—. Ha venido un amigo de mi padre y tiene una historia que contarnos… O varias —agregó después de mirar a Anastasia—. Dices haber conocido a mi padre, haber sido su amigo y haber presenciado su muerte. También me pareces un hombre extraño totalmente fuera de lugar husmeando en una revolución que no le pertenece. Vamos a platicar, a comer y a beber como amigos… Pero si no me convences, será también tu última cena. La de los dos.

Prendimos el fuego, circulamos los primeros vasos de vodka y escuchamos la historia que el hombre que se hacía llamar John Mann le contó al camarada Leopold.

Para términos prácticos no existo antes del 28 de julio de 1914. En esa fecha comenzó la guerra y yo empezaba a buscar la paz. Vivía en Nueva York con todas las comodidades y esperaba poder presenciar los acontecimientos desde un balcón con vista al Central Park de Manhattan. Pero me alcanzó mi pasado. No es relevante para esta historia lo que haya sido de mi vida durante años anteriores, pero digamos y aceptemos lo obvio: era un mercenario.

Agente secreto o agente especial, prefieren llamarse. Espías. Somos todo eso y más los que nos dedicamos a éste, el verdadero oficio más antiguo del mundo; lo que quiero decir es que la prostitución de hombres comenzó antes que la de las mujeres. Espía, pirata, mercenario, poco importa. Trabajas para gobiernos y sus mezquinos intereses, causas guerras y siembras revoluciones.

Tras una serie de acontecimientos y reflexiones entre París, México y Cuba, una experiencia cercana a la muerte, y una intensa historia de amor y locura, decidí retirarme y observar la guerra desde lejos. Pero ser espía no es algo a lo que se pueda renunciar; en octubre de ese mismo año, tu padre, Leopold, Levon, o como prefieras llamarte, vino a matarme.

No era nada personal; no nos conocíamos. Levon Zoravar era un buen nombre, un trabajador dedicado, y en sus ratos de ocio, un camarada comprometido con crear un Partido Comunista en los Estados Unidos; incluso intercambió alguna carta con Lenin. Eso tú lo sabes bien, Leopold; me contó que mantenían contacto por carta y compartían la idea de una conspiración comunista mundial.

Eres igual que tu padre, Leopold. Él era responsable de conseguir fondos para el partido, como fuera necesario, siempre bajo la máxima de que el fin justifica los medios, de que la revolución social es el único baremo de la moral. Así como tu colaboras con ese matón llamado Stalin, así tu padre buscaba fondos en América: sabotaje, secuestro o asesinatos pagados eran buenos medios.

Así fue como nos conocimos. Supongo que todos los profesionales estaban muy ocupados en tiempos de guerra, y los que buscaban matarme tuvieron que enviar a un novato. Disparó y falló; lo desarmé en seguida y lo sometí. Vi sus ojos, parecidos a los tuyos, con esa mirada de esperanza religiosa que tienen tantos comunistas. Le perdoné la vida. Unas horas después tomábamos whisky y charlábamos como amigos. En eso nos fuimos convirtiendo durante los siguientes meses.

Pero al final era evidente que mi pasado me había alcanzado y algunas personas de las que esperaba permanecer oculto me encontraron. Tenía que dejar Nueva York y América. Urdí un plan maravilloso. No era fácil viajar por un mundo envuelto en la guerra europea, y yo no quería arriesgar mi fortuna que estaba a salvo en América, así que de nuevo decidí vender mis habilidades del pasado y seguir sin enterrar al mercenario que evidentemente soy.

No fue difícil para mí establecer contacto con un grupo de magnates petroleros estadounidenses, preocupados por no quedar fuera del reparto del mundo que las potencias planean después de la guerra. Necesitaban información, y ese es parte de mi negocio. De hecho, descubrí que Inglaterra, Francia y Rusia tenían planes con el petróleo persa y con el del Imperio otomano, con lo cual dichos magnates se preocuparon más. Fue así como logré que un grupo de millonarios estadounidenses me consiguieran documentación variada de aquel país y mucho dinero por mis servicios.

Comenzaba el año 1915 y con Europa y sus colonias en guerra era difícil transportarse. Tenía que ir a Constantinopla, capital otomana y sede de conspiraciones petroleras, y para llegar primero debía pasar por Londres. Levon Zoravar se ofreció a viajar conmigo; de hecho, me pidió que lo llevara. El nombre de Constantinopla hizo que le brillaran los ojos: quería volver a encontrarse contigo.

Las líneas navieras trataban de no detener su movimiento, a pesar de la guerra, pero eso era difícil, ya que el Imperio alemán había declarado todo el mar en torno de Inglaterra como zona de guerra. Los submarinos alemanes estaban dispuestos a convertir el mar inglés en un cementerio de barcos.

Aun así conseguí transporte para ambos, transporte de lujo de hecho, a bordo del *RMS Lusitania*. Salimos de Nueva York el 1º de mayo de 1915… Como todos sabrán, ni siquiera llegamos a Irlanda. El 7 de mayo el barco fue alcanzado por un torpedo y se hundió a diez kilómetros de la costa irlandesa.

Dos días antes Levon Zoravar me había salvado la vida, cuando otro atacante trató de terminar conmigo lanzándome por la borda en medio de la oscuridad de la noche. Me tomó completamente desprevenido. Estaba seguro de haber revisado el barco y no tener enemigos, así que estaba descuidado, recargado en el barandal viendo las estrellas. Pero de pronto, de la nada, un gigante de dos metros cargó contra mí con toda su furia y me volcó fuera del barco.

Alcancé a tomarme de una cadena, colgando con el helado y oscuro Atlántico bajo mis pies. El sicario se acercó a terminar su trabajo. En ese momento sonó un disparo; el grandulón cayó por la borda, y tu padre, Levon Zoravar, aún con la pistola en una mano, me dio la otra y me ayudó a volver a la cubierta.

Dos días después el barco fue alcanzado por un torpedo alemán. Ese barco, supuestamente civil, estaba repleto de pólvora y armamento que los estadounidenses enviaban a Inglaterra. Entre el torpedo y la explosión interna, el *Lusitania* se volcó completamente sobre uno de sus costados e inutilizó la mitad de sus botes salvavidas. Tardó tan sólo dieciocho minutos en hundirse.

Los pasajeros se mataban entre sí por lograr subir a los botes que quedaron a salvo, con lo cual sólo lograron volcar otros tantos. El pánico mató más gente que el propio naufragio. Sólo seis de los cuarenta y ocho botes fueron útiles, más de mil doscientas personas murieron y sólo unas setecientas salvaron la vida.

En vez de buscar un bote salvavidas, por lo que todos se estaban matando unos a otros, me puse a buscar algún objeto flotante que nos fuera útil. Tu padre no sabía nadar, por lo que lo até junto conmigo a medio mástil de madera que conseguí. Flotamos a la deriva ese día y toda la noche y al día siguiente unos pescadores irlandeses nos rescataron.

Pero tu padre ya tenía la muerte en la mirada… No lo logró; murió a las pocas horas del rescate. Lo último que me pidió fue que te buscara, lo cual no fue fácil a causa de tu cambio de nombre y tus movimientos revolucionarios. Te vi por primera vez en Constantinopla, en el verano de 1916. Yo estaba indagando en los asuntos petroleros de mis clientes… Y, bueno, tú sabes lo que hacías por ahí, engañado por los británicos, tema que te sugiero dejemos para después.

Eso es básicamente todo, camarada Leopold, hijo de Levon Zoravar. Cumplo una misión y la promesa que hice a un amigo antes de morir. La situación es que mi misión choca con la tuya ... Pero le prometí a tu padre que procuraría que estuvieras bien.

A Anastasia la conocí aquí en San Petersburgo hace unos meses, una víctima más de la guerra, de la caída del zar y de la revolución que ustedes se traen entre manos. Ella no tiene nada que ver con mi otra misión; sólo le pedí que vigilara a tu grupo para estar seguro de quién eras tú.

Todos estaban atónitos. Un silencio sepulcral llenaba el salón del Gran Oso. Todos cruzaban miradas y evidentemente esperaban el veredicto del camarada Leopold, que se mantenía callado, con la mirada fija en algún punto perdido de la pared del fondo.

—¿Y cómo sé que esa historia es verdad? ¿Cómo sé que usted no es un enemigo de la revolución enviado desde los Estados Unidos? ¿Cómo sé que no fue quien mató a mi padre? ¿Cómo sé siquiera que en realidad está muerto? Usted es un espía... ¿Cómo sé que esto no es parte de su juego, que no nos espía a nosotros por parte de Kerensky o de los mencheviques?

John Mann llenó su rostro con una sonrisa.

—Es curioso, Levon; tu padre me advirtió que así eras de suspicaz. Me lo dijo durante varias conversaciones que tuvimos, en las que no dejaba de hablar de ti, de tu infancia en Constantinopla, de su migración al Cáucaso ruso, del eterno conflicto entre cristianos y musulmanes en los rincones del Imperio otomano, de cómo esa situación terminó por convencerlo de que la religión era un engaño para mover masas y se hizo comunista. De cómo te educó para sospechar de todo, y de cómo sus fuertes convicciones comunistas lo hacían chocar con la fe de tu madre.

Leopold intentaba, cada vez con menos éxito, conservar su rostro inexpresivo, pero resultaba evidente que John Mann le estaba removiendo cosas en lo más profundo de su ser. Parecía que todo lo que decía era verdad.

—Eso no me dice nada —exclamó Leopold, volviendo a su rostro de intelectual que descifra misterios—. Sólo me dice que usted sabe mucho de mi padre y de mí.

—También me dio dos cosas para ti.

—¿Qué cosas? —preguntó Leopold, exasperado.

John Mann sacó un costal de un bolsillo interior de su abrigo y se lo extendió a Leopold. Era una pequeña fortuna en monedas de oro.

—La fortuna que hizo en América.

—¿Usted me quiere comprar acaso?

—¡Para qué, Levon, para qué! —gritó John Mann—. ¿Piensas que soy tu enemigo? Te pude matar en Constantinopla, lo pude hacer en el último mes que te hemos estado espiando aquí en este antro de mala muerte, el mes pasado cuando llegó Lenin, hoy mismo cuando te descuidaste en la estación. Y te podría matar aquí mismo antes de que tus ingenuos camaradas pudieran reaccionar.

John Mann se llevó nuevamente la mano al bolsillo interno de su abrigo y sacó otra bolsa; más bien un pequeño costalito.

—Tu padre también me dijo que te diera esto; aseguró que lo reconocerías de inmediato… pues tú se lo entregaste a él siendo un niño, cuando se fue a América. Quería que supieras que siempre lo llevó consigo.

John Mann extendió su mano y depositó el costalito frente a Leopold, quien simplemente fijó la mirada en aquel objeto sin hacer nada.

—¿Sabes lo que es, no es así? Es un crucifijo. Cada uno de sus cuatro extremos está rematado por dos figuras de tres puntas cada una. Es la cruz armenia. Tiene tu nombre en la parte de atrás.

Todos voltearon a ver a Leopold, quien simplemente mantenía los puños apretados y los ojos cerrados. Estoy seguro de que se le salió una lágrima. Sostuvo la cruz entre sus dedos unos instantes antes de darle la vuelta. Ahí, en la parte de atrás del crucifijo, estaba grabado el nombre que tenía de niño, con el que ahora era conocido el camarada Leopold: Levon.

—Es una cruz, Levon; no es para tanto, no debes avergonzarte. No es obligatorio ser ateo para creer en la justicia social; ni las iglesias y ni las religiones, eternas explotadoras del hombre tienen el monopolio de lo que es Dios. Tu padre no la conservó por motivos religiosos, de cualquier forma. Lo hizo porque le recordaba a Armenia y a ti.

John Mann se levantó de su asiento y le hizo una señal a Anastasia para que lo siguiera. Ella había estado en silencio todo el tiempo. Era evidente que estaba tan impresionada como todos con lo que estaba escuchando. No podía ser actuado o fingido. Ella escuchaba también esa historia y veía esas monedas y esa cruz por primera vez.

—Te dije que pronto sabrías la verdad —le dijo Mann a la muchacha—. Esa es parte de la verdad.

—Nos vamos, Leopold; tu padre me encomendó que velara por tu bienestar… Por eso estoy dispuesto a contarte cómo te engañan los británicos. No son tus amigos; no son amigos de nadie. Están detrás de tu revolución porque también están detrás de la contrarrevolución y de la guerra civil.

—¿Cuál guerra civil?

—La que les espera a todos los rusos cuando los bolcheviques tomen el poder… No debiste ayudarlos a matar al monje.

Todos estábamos inmóviles, esperando una orden de Leopold que nunca salió de sus labios. John Mann y Anastasia salieron del Gran Oso.

ANASTASIA

San Petersburgo
Junio de 1917

John Mann desapareció. Al día siguiente de esa extraña entrevista con Leopold en la taberna del Gran Oso, ya no estaba en el Astoria cuando desperté. Todo lo que había para mí era un mensaje con el gerente del hotel: todas mis noches y mis alimentos estaban pagados por el resto del año; también había cien libras en efectivo y un papel con un mensaje que en realidad no decía nada: "Volveré pronto, disfruta tu revolución". Y el número de un código postal por si necesitaba escribirle.

Platicamos muy poco la noche del Gran Oso después de abandonar el lugar.

—Pensaba que me tenías en algún tipo de misión secreta de espionaje —le dije a John Mann en un tono que dejaba notar cierta decepción, y algo de vergüenza—, pero resulta que sólo era una búsqueda familiar.

—Yo tengo una misión diplomática de negocios en la que no debo involucrarte. Pueden ser negocios agresivos, y sí, son secretos. Pero tenía que cumplir una promesa a un amigo moribundo y no tenía tiempo de todo. Lo curioso es que la misión personal y la profesional al parecer se mezclaron de una manera insospechada. No quiero ponerte en peligro.

—¿Quieres decir que ya no me necesitas?

—Quiero decir que tengo que replantear mis procedimientos.

—Bueno… pero ¿por qué y para qué me has hecho que lea a toda una pléyade de intelectuales?

—Muy sencillo —dijo John mientras sonreía—. A cualquiera le viene bien ilustrarse. Fue la clave de la burguesía para tomar el poder.

—¿Y para qué me informabas de todo el tema de mencheviques, bolcheviques, revoluciones y revolucionarios?

—También es muy sencillo: porque tú me preguntabas, querida.

Por alguna razón me sentía engañada. Es decir, John Mann nunca me dijo en qué me estaba involucrando, y quizás yo cree toda una historia en mi cabeza, pues estaba segura de que participaría en algo importante.

—¿Y por qué me dabas todos esos sermones y esas lecciones acerca del poder, los poderosos y el funcionamiento de la civilización? —pregunté francamente exasperada.

—Mira, Anastasia, esa es la más sencilla de todas las respuestas que buscas: me gusta conversar. En mi opinión, es uno de los más grandes placeres que existen.

—¿Y entonces —pregunté ya enojada— ahora qué? ¿Qué sigue, qué hago?

—No te preocupes —fue lo último que me dijo John Mann—. Te iré diciendo lo que tienes qué hacer.

Al día siguiente por la mañana, en lugar de encontrar a John me encontré su simple y llano mensaje diciendo nada. Salí a pasear por la hermosa rivera empedrada del río Nevsky, a disfrutar San Petersburgo y a reflexionar, algo que no había tenido tiempo de hacer, apremiada por la necesidad de sobrevivir tras la caída del zar y lo vertiginoso de los acontecimientos tras la aparición de John Mann.

Me di cuenta de pronto que no tenía por qué estar molesta. Estaba alojada en el mejor hotel de la ciudad más hermosa de Rusia, con los gastos pagados por un lunático, en medio de una revolución que se tornaba emocionante. Entonces seguí internándome por la ciudad, siguiendo el cauce del río al tiempo que mi mente divagaba.

Caí en la cuenta de que compartía los ideales de aquella revolución. Había leído a los hombres más ilustrados y todos sus conceptos de libertad, igualdad y fraternidad, sus ideas sobre soberanía popular y su culto a la razón como una forma para guiar a la humanidad a su bondad intrínseca. Había estudiado a Marx y a Engels y sus juicios sobre el capitalismo y sus inherentes injusticias. Había entendido cómo a lo largo del siglo XIX fue surgiendo, como esclavos del progreso y de la era industrial, esa nueva clase social llena de ímpetu revolucionario y rencor social: el proletariado.

El mundo no era justo, la sociedad de clases era un engaño y la libertad era para el diez por ciento de la población. Todo ese final de siglo, toda esa *belle époque*, había mostrado, con el estallido de la guerra, el fango sobre el que estaba cimentada la civilización. Había jóvenes deseosos de cambiar el mundo y yo podía y quería ser parte de ellos. Irónicamente, la lejana y atrasada Rusia parecía constituir el parteaguas de la nueva era.

Me emocionaba la revolución y me también emocionaba un revolucionario en particular. Podía aceptarlo precisamente ahora que no estaba con John Mann. Pero pasaron los días, terminó el mes de mayo, y ni Tino, ni sus camaradas ni Leopold aparecieron; incluso dejaron de reunirse en la taberna del Gran Oso.

En Europa la guerra seguía su curso; los alemanes estaban en territorio francés y habían derrotado a ingleses y franceses, mientras el frente ruso prácticamente ya no existía. La gran noticia era que los Estados Unidos finalmente se unieron a la contienda. Se podía decir que Alemania estaba por ganar la guerra cuando los estadounidense le dieron una bocanada de aire fresco a sus aliados… Prolongaron la guerra a la que tantas armas vendían y se aseguraron un lugar en las inminentes conversaciones de paz en las que se repartirían el nuevo mundo.

Ante este panorama, el gobierno provisional de Rusia se hallaba en una encrucijada. Kerensky proclamó la República como el gobierno legítimo sucesor del zarismo, pero para obtener ese reconocimiento de Inglaterra, Francia y los Estados Unidos debía mantener los compromisos signados por el zar, uno de los cuales era que no se negociaría la paz por separado.

Si la nueva Rusia aspiraba a sobrevivir, a estar del lado ganador, y a merecer algo en el reparto del mundo, debía seguir desgastándose en la guerra… Pero era precisamente esa guerra la que dio el estoque de muerte al Imperio zarista y la que mantenía la tensión entre las diversas facciones políticas, obreras y revolucionarias que se disputaban el poder ruso.

Rusia se desangraba. Más de cinco millones de rusos habían muerto en la guerra y otros tantos por hambrunas y epidemias. Y ahora se rumoraba que Alexander Kerensky planeaba lanzar una ofensiva masiva contra Alemania, en julio, con el único objetivo de que ese país no pudiera concentrar sus fuerzas en el frente occidental. Es decir, sacrificaría a más campesinos y trabajadores rusos para que ingleses y franceses pudieran ganar su propia guerra y le garantizaran a Kerensky unas migajas. Por lo menos así lo vendían los bolcheviques en las calles de San Petersburgo.

—Hola… Anastasia, ¿verdad?

Aquella voz firme, pero a la vez temerosa, sonó a mi espalda y me sacó de mis cavilaciones. Ahí estaba él, el revolucionario que buscaba.

—Sí —respondí con cierta timidez—. Dime Annya. ¿Y tú eres Tino, cierto?

—El camarada Tino —respondió con algo de orgullo.

—Sí, bueno… ¿Te importa si te llamo simplemente Tino?

—Supongo que está bien —dijo tras un trastabilleo—. No eres comunista, ¿verdad?

—Si te refieres a que soy parte de algún partido u organización, no. Simpatizo con sus ideas, pero aún no sé si con sus líderes.

—¿Vienes sola? ¿No estás con ese hombre, Mann?

Era evidente que Leopold, y por añadidura sus pupilos, no confiaba en John Mann. Pero lo cierto es que me dio mucha alegría darme cuenta de que al parecer el camarada Tino sentía algún tipo de celo hacia John. No pude evitar sonreír.

—No, no está conmigo. Yo sólo salí a pasear y de pronto llegué hasta aquí sin darme cuenta, siguiendo el río. Ni siquiera sé dónde estoy.

—Bueno —comentó Tino—, ese impresionante edificio que tienes frente a ti es el Instituto Smolny, una construcción del siglo pasado, destinado a educar a señoritas nobles pero que ahora está en poder de los revolucionarios. Precisamente hoy comienza ahí el Primer Congreso Panruso de Todos los Sóviets, la más grande reunión revolucionaria desde la caída del zar. Todos los partidos socialistas, comunistas y obreros, representados en los sóviets de las ciudades rusas, decidirán nuestro futuro. Por eso estoy aquí.

—¿Tú sí vienes con el camarada Leopold?

—No, vengo con mis compañeros. Leopold se fue hace varios días y no ha vuelto. No sabemos a dónde fue. Es común en él desaparecer de esa manera. Actos revolucionarios.

Nos quedamos en incómodo y tenso silencio. John tenía razón: yo también había causado una fuerte impresión en Tino; ahora me daba cuenta. Me regocijé internamente. Pero era claro que también había mucha desconfianza de su parte.

—¿Tú vas a participar? —pregunté.

—No, sólo los delegados de los partidos que integran cada sóviet: un poco más de mil. Los demás sólo podremos ver, aunque no podamos votar… Y, ya sabes, hacer ruido. Así se hace la política.

—Tu estás con los bolcheviques, ¿verdad? ¿Cuál es su postura?

Tino me miró de arriba abajo.

—No eres espía, ¿verdad?

No pude evitar desternillarme de risa.

—¿Eso les dijo Leopold? —pregunté a carcajadas; él se mantuvo muy serio, con su mirada fija en la mía—. Claro que no lo soy —dije por fin—; aunque si lo fuera no te lo diría.

—Tienes que decirme si lo eres —dijo Tino un poco más relajado—. Esto no puede comenzar con secretos.

—¿Esto?, ¿comenzar? —dije con los ojos bien abiertos y con una enorme sonrisa—. Perdone usted, camarada, pero no tengo idea de qué está hablando.

—Bueno —dijo, poniéndose muy serio y como arreglándose la ropa—. Tú... tú me gustas... Annya.

—Eso sigue sin aclararme nada —dije, a sabiendas de que mi respuesta lo pondría nervioso.

—Bueno... pues. Es decir... a mí me gustaría conocerte, platicar, salir contigo. Bueno, sólo si de verdad te interesa la causa... Y si no tienes nada que ver con John Mann.

Guardé silencio unos instantes. Sentía que explotaba por dentro. Ahí estaba él, de pronto, como salido de la nada, diciéndome que sí, que en efecto yo le gustaba. Y ahí estaba con clásicos celos de hombre inseguro. No pude evitar bromear a sus expensas.

—Qué cosas... ustedes los comunistas quieren eliminar la propiedad privada sobre todo... excepto sobre sus mujeres —Tino se quedó muy serio, tras lo cual volví a desternillarme de risa—. Claro que no tengo nada que ver con John. Podría ser mi padre... De hecho, así se porta a veces. No, camarada, no tengo nada que ver con él. La historia que les contó en el Gran Oso es cierta.

—¿Quieres decir que espías para él?

—No... Lo que les dijo sobre mí es verdad. Me encontró en las calles con hambre y frío en la peor parte del invierno... Y aunque sé que suena extraño, yo tampoco lo creía, decidió ayudarme. Ya viste a cambio de qué: de que espiara a Leopold, que realidad es el hijo de su amigo. A mí me parece muy noble que se haya tomado tantas molestias para cumplir una promesa hecha a un moribundo.

—Sí... Fue muy noble, demasiado noble, excesivamente noble. ¿No te parece? Él es un espía.

—Oye, Tino, claro que lo es. Eso lo negó. Trabaja para empresarios estadounidense de los que saca muchas ventajas. Y evidentemente mucho dinero.

—¿Y tú de verdad le crees?

—Mira, no vamos a llegar a nada discutiendo acerca de John Mann. Sé que todo es muy extraño: él, su historia, todo lo que lo rodea. Pero desde marzo hasta hoy sólo he recibido cosas buenas de él y nada me hace pensar que sea una mala persona.

—¿Quieres decir que no sabes nada más de él?

—Sé lo mismo que ustedes saben; sólo sé lo que contó en la taberna del Gran Oso. Yo escuché la historia por vez primera en el mismo instante que todos ustedes la conocieron.

—¿Entonces él no te envió hoy aquí?

Después de pensarlo un poco decidí contarle a Tino la verdad, aunque siendo franca conmigo misma esa verdad sí muy sospechosa.

—Mira. La verdad es que no sé dónde está. Hace ya dos semanas se fue de San Petersburgo. Me dejó alojada en el Astoria con todos los gastos pagados. No dijo nada, ni adónde iba ni que lo esperara, ni cuándo iba a volver. Aunque sí dejó dicho que regresaría —el camarada Tino me miró con sospecha y suspicacia; no lo culpo, pues me escuché a mí misma mientras hablaba y en efecto todo parecía algo muy sospechoso, extremadamente extraño e inverosímil—. Mira Tino, dijiste hace rato que esto no podía comenzar con secretos. Pues, bueno, tampoco puede comenzar con desconfianza. Te pido que confíes en mí. Si no lo haces, en efecto, esto no funcionará.

El rostro de Tino cambió de inmediato. Volvió a sonreír francamente emocionado.

—¿Entonces quieres decir que sí hay un *esto*? ¿Y que sí comenzará *algo*?

—Sí, camarada —le dije al tiempo que le estampaba un beso en la mejilla—. Tú también me gustas. Si estás dispuesto a confiar en mí, sí hay un *esto* que *comienza*.

—¿Te puedo pedir sólo una cosa, entonces? —preguntó Tino.

—Dime.

—Desconfía un poco de John Mann... No me malinterpretes. No sabes nada de él. Dices que se fue de la ciudad. Supongo que mantendrá su habitación y que en ella habrá dejado sus cosas. Busca algo. No sé, lo que sea. Sólo entérate de quién es la persona con la que estás y para quién trabajas. Todo en él es muy sospechoso.

Tenía que aceptar que en eso Tino tenía razón. Todo en John Mann era muy sospechoso. Y efectivamente todo parecía muy bueno, y él muy noble... Y como lo pensé desde que lo conocí, sus historias resultaban muy fantasiosas. Aunque ahora comenzaba a entender que no eran en absoluto fantasías.

—Está bien —respondí—. Pero a cambio tienes que hacer lo mismo por mí: desconfía un poco de Leopold. Estas revoluciones están llenas de hermosos ideales y terribles traiciones. Yo indagaré a John, tú haz lo propio con Leopold —Tino asintió con la cabeza y una sonrisa—. Bueno —continué—. No me has dicho cuál es la postura de los bolcehviques. Confianza... ¿recuerdas?

—Muy bien, Trotsky se ha acercado a Lenin y lideran la revolución bajo el lema "Todo el poder para los sóviets". Casi todos los partidos se manifiestan a favor de apoyar al gobierno provisional, incluso la guerra. La postura bolchevique es romper el acuerdo, desconocer a Kerensky, su gobierno, al Parlamento y los acuerdos con las potencias de Europa. Lenin y Trotsky quieren comenzar desde cero. Una nueva sociedad sin clases donde toda la riqueza se administre desde los sóviets. Evidentemente están dispuestos a ser violentos.

—Esa es la parte de tus líderes que no me convence. Quieren terminar con el mundo y la sociedad en la que vivimos, una sociedad cruel, violenta, salvaje… y lo quieren hacer con crueldad, violencia y salvajismo. Yo abrazo sus ideas y aplaudo su causa, pero discrepo de su método, que me parece incorrecto. Parecen ser iguales a aquellos a los que quieren derrocar —mientras Tino permanecía mudo y boquiabierto por lo que le decía, me acerqué a él y le planté un beso en la otra mejilla—. Recuerda que los rusos besamos en ambas mejillas. Hasta pronto, querido Tino.

Al llegar al Astoria me dirigí de inmediato a mi habitación. Afortunadamente no le pedí a John que me asignara un cuarto en el extremo opuesto del hotel. Más bien era una habitación contigua a la suya, de esas que se comunican a través de una puerta interior que yo mantenía siempre estrictamente cerrada.

Lo cierto es que las palabras de Tino me hacían sentido: no sabía nada de John Mann. Ciertamente había salvado mi vida y me mantenía a todo lujo en medio de la guerra. Y eso precisamente era lo extraño. Sin embargo, también era cierto que nunca había intentado nada indecente conmigo ni me había involucrado en nada más allá del asunto de Leopold. Además, siempre fue honesto en relación con que era un mercenario.

Y aún así Tino tenía razón. Quité el seguro del lado de mi puerta e intenté abrir. Para mi sorpresa, no estaba asegurada del lado de John. Entré a su habitación: una lujosa *suite* ubicada en una de las esquinas del hotel. Era enorme, con dos ventanales bien asegurados, una cama gigantesca al centro, vistosos candiles, un gran armario de dos puertas, una mesa de comedor y una de trabajo. Comencé por el armario. Casi toda su ropa estaba ahí: de hecho, ahí permanecían sus valijas… Parecía que se había marchado sin llevarse nada.

Busqué en las gavetas, en las mesas, en las valijas, hasta debajo del colchón. No había nada extraño. Ropa en armario y gavetas, identificaciones a nombre de John Mann en una caja de la mesa de trabajo, junto a un fajo de billetes y una pistola. Una máquina de escribir con un montón de papeles a un lado, con párrafos que parecían un diario, sin ningún dato particularmente especial que él ya no me hubiera compartido.

Después de un buen rato decidí darme por vencida y volver a mi habitación. Pero entonces descubrí algo que había pasado por alto. Precisamente ahí, junto a la puerta interna, había un tapete, debajo del cual se alcanzaba a ver un pedazo de duela astillada. Quité el tapete… Y ahí, ante mí, estaba al descubierto el escondite de lo que fuera lo que tuviera que esconder. En efecto, un pedazo de madera estaba astillado, y el piso, hueco: ahí había una caja de metal.

La llevé a la mesa del comedor y comencé a extraer su contenido. No cabía en mí de la sorpresa. Había muchos legajos, dinero de varios países, una interesante colección de identificaciones, algunas fotografías y unos mapas. Acomodé todo frente a mí para ver si era capaz de reconocer algo especial.

Había fajos de billetes de libras esterlinas y de dólares estadounidenses, monedas de oro con la efigie de algún sultán, y de plata, con un águila extendida. Había billetes y documentos bancarios que no pude identificar. Las credenciales constituyeron una experiencia interesante, pues había varios pasaportes: uno del Imperio alemán, uno del reino de España, otro del Imperio austriaco, uno más de Francia y otro del gobierno británico. Evidentemente, todos con nombres distintos.

Había documentos que acreditaban títulos nobiliarios alemanes e ingleses, varias acreditaciones de prensa en diversos idiomas, y cartas que parecían documentos diplomáticos, así como telegramas llenos de números, claramente encriptados. También había cartas en alemán y en francés, y una fotografía de John, mucho más joven, en París... Él me había contado que era espía, informante, mercenario... Por lo cual nada de aquel hallazgo resultaba extraño, aunque sí denotaba su intensa actividad.

De pronto apareció lo más extraño e interesante: una foto de Rasputín, solo, mirando fijamente a la cámara y levantado la mano derecha; otra, en la que aparecía rodeado de damas de la nobleza. Su imagen estaba rodeada con un círculo de tinta roja que decía, en inglés: "Fuerzas oscuras". Había otra imagen horrible de su cadáver destrozado, con un agujero de bala en la frente, también circundado con tinta roja. Entre esas fotografías había una breve carta en inglés.

Querido Scale:
A pesar de que las cosas no han salido exactamente como fueron planeadas, hemos logrado nuestro objetivo. Ha habido una buena respuesta ante la desaparición de las "fuerzas oscuras". Sólo nos han hecho algunas preguntas incómodas. Rayner está

```
atando cabos sueltos y, sin duda alguna,
le informará a su regreso. No habrá paz
con Alemania.
```

Entre esas fotos también había unos cuantos papeles que tenían un encabezado en inglés —"Fuerzas oscuras"— y una serie de párrafos escritos en ruso, con anotaciones y traducciones al inglés. Frases cortas, algunas incomprensibles; todas denotaban cosas terribles sobre muerte, guerra y tierra envenenada. Además, había una carta dirigida al zar Nicolás, aparentemente de Rasputín. Al final había una anotación: "Fuerzas oscuras". ¿Profecías, indicaciones, mensajes cifrados? ¿John era un místico, un agente, un loco?

También había algunos telegramas en alemán. Aunque yo no entendía esa lengua, John me había enseñado algunas palabras, suficientes para comprender un mensaje de pocas palabras.

```
Herr Arthur: Éxito. Lenin en estación de
Petrogrado. Se comporta como esperába-
mos. Habrá paz con Alemania.
```

Había otra carta en inglés, de varias páginas, pero escrita de manera ininteligible, pues aunque sus palabras eran claras, parecía que estaban cifradas. Pero junto a esa carta había un mapa del Oriente, que abarcaba Europa Oriental, el Imperio otomano y el Imperio persa. Era un mapa muy extraño con muchos países y fronteras inexistentes

En la zona del Imperio austrohúngaro había por lo menos una lista de una docena de países cuyos nombres nunca había escuchado nombrar, así como un territorio muy grande marcado como Hungría y uno muy pequeño marcado

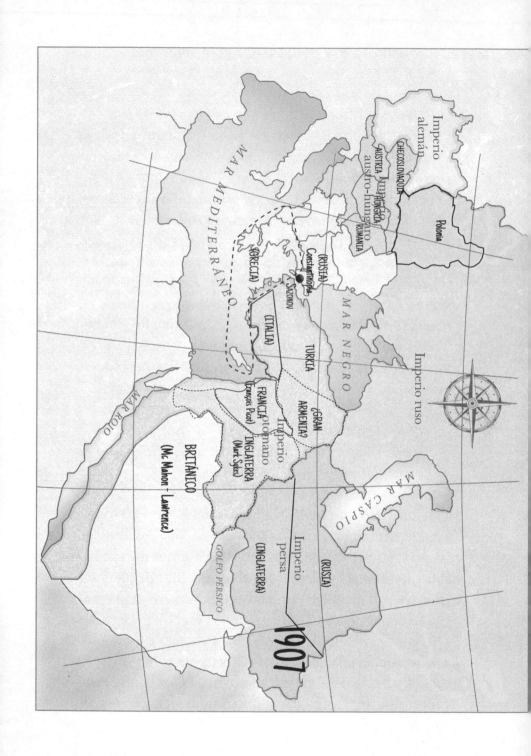

como Austria. Una Grecia que iba desde la isla de Chipre hasta Bulgaria, una Rumania del doble de su tamaño y un Imperio ruso, con ese nombre, que rodeaba casi todo el Mar Negro. La ciudad de Constantinopla estaba señalada con el nombre RUSIA, en cuya parte inferior decía: SAZONOV.

La parte medular del Imperio otomano, esto es, la llamada Península de Anatolia, estaba dividida en cinco territorios: uno de ellos, al sur del Mar Negro, decía: TURKIA; otro: ITALIA, y uno muy grande: ARMENIA. En la zona del Medio Oriente había dos grandes divisiones: al norte, un territorio marcado como FRANCIA, y un nombre: FRANÇOIS PICOT; y al sur, uno señalado como TERRITORIO BRITÁNICO, y el nombre MARK SYKES.

La Península Árabe había sido dividida en varias porciones, pero sobre toda el área del mapa decía: TERRITORIO BRITÁNICO, y los nombres LAWRENCE y MCMAHON. Más al oriente, sobre el territorio del Imperio persa, había una fecha: 1907. El norte estaba señalado con un color, y decía: RUSIA, y el sur, con otro color, decía TERRITORIO BRITÁNICO.

Tuve miedo. Por primera vez caí en la cuenta de que en realidad no sabía quién era aquel desconocido que se hacía llamar John Mann. Lamenté haber entrado a su habitación. Ahora comprendía que evidentemente estaba metido en algo muy grande, pero no sabía a favor de quién ni de qué intereses; si era amigo o enemigo de Rusia, de los comunistas, de Leopold o de Tino.

A la mañana siguiente volví a caminar siguiendo el curso del río Nevsky hasta llegar al Instituto Smolny, donde se llevaba a cabo el Congreso de los Sóviets. Apenas llegué, descubrí a Tino con una inmensa sonrisa en los labios. No habíamos acordado nada, pero al parecer a ambos nos resultaba evidente que teníamos una cita. Corrió hacia mí. Cuando me tuvo frente a él me tomó de ambos brazos y me besó en la boca.

—No olvides que los rusos besamos en ambas mejillas… y en la boca —dijo mientras reía.

En ese momento perdimos todo el pudor y simplemente nos abrazamos hasta fundirnos en uno. Nos abrazamos y nos besamos hasta no poder más. Cuando nos separamos sentí muchas miradas de desaprobación.

—Qué raros son los comunistas —le dije a Tino—. No sólo no quieren abolir la propiedad privada sobre las mujeres, sino que, a pesar de ser ateos, no dejan de ser moralistas en extremo —nos reímos—. Tenías razón sobre John —dije sin más preámbulos.

No le conté con detalle todo lo que había descubierto, pues sentía que de alguna forma traicionaría al hombre que me había salvado del frío y el hambre de las calles, pero debía confesar lo suficiente para sentir que no traicionaba a Tino. No le conté acerca de las múltiples identificaciones que hallé ni sobre Rasputín, pero sí le platiqué sobre los extraños mapas.

—Tenías razón sobre Leopold —me dijo él.

Me resultó evidente que, por razones idénticas, Tino tampoco me platicó todo lo que había descubierto sobre el camarada Leopold, pero me contó sobre una serie de cartas que mantuvo con el camarada Stalin, con mapas de la zona del Cáucaso, ese montañoso territorio entre los mares Negro y Caspio, por el que rusos, turcos y persas habían peleado por siglos. Mapas con nombres como KURDISTÁN y TRANSCAUCASIA, y dibujos de lo que parecían pozos petroleros.

Tanto Leopold como John Mann siguieron ausentes durante todo el mes de junio. En ese periodo Tino y yo nos vimos todos los días. Poco a poco fuimos dejando de hablar de ellos y de sus conspiraciones, aunque Tino me platicaba fervientemente de la revolución y de la causa proletaria mundial. Manteníamos largas discusiones intelectuales por varias horas. Yo le enseñé a paladear el delicado vino francés, y él a mí, a soportar el tosco vodka de Rusia y Finlandia.

Después de una semana de vernos todos los días nos entregamos el uno al otro, físicamente quiero decir. Esa sí fue una revolución. Su ser no sólo hervía ante la causa bolchevique sino ante la mía; por mi parte, todas mis represiones se convirtieron en un torrente de libertad. Nuestros primeros encuentros tuvieron lugar en oscuros áticos de los barrios bajos, pero un día perdí el pudor y le propuse:

—Un loco, espía, mercenario, o lo que sea que resulte ser, me tiene alojada como princesa en el Astoria. Tienes que experimentar lo que es hacer el amor y dormir en lugares como ese. Estoy segura de que sus camas son como las del palacio del zar.

Hablamos mucho de nosotros durante esos días. Le conté que mi padre había muerto en batalla en esa estúpida guerra europea, aunque no sabía cuándo ni dónde, y que mi madre había fallecido durante el Domingo Sangriento. Resultó que su historia era muy semejante a la mía: su madre pereció en el conato de revolución de aquel año y su padre fue enviado como carne de cañón a la guerra. Él también fue obligado, según me contó, a participar en la ofensiva de Brusilov contra el Imperio austriaco, pero logró escapar de regreso y no participó más en esa guerra imperialista.

Yo le conté muchas cosas de mí, pero tuve cuidado de no mencionar, bajo ninguna circunstancia, que entre 1915 y la caída de zar viví en Tsárkoye Seló, en la Villa de los Zares, como doncella de las hijas del soberano ruso. Tenía miedo de que me tomara por aristócrata y eso lo decepcionara. Evidentemente, tampoco le mencioné que desde entonces lo conocía, pues entre noviembre de 1916 y la caída del zar lo había visto rondando misteriosamente la villa todos los días.

KONSTANTIN

San Petersburgo
Julio de 1917

Nunca supe qué me ocurrió con Anastasia. No lo comprendí en toda mi vida; supongo que fue eso que los ingenuos llaman amor a primera vista. Yo, que presumía tener poco de ingenuo, sucumbí ante esa inexplicable emoción. Lo cierto es que la imagen de esa mujer se clavó de manera profunda en mi mente desde el primer momento que la vi en la estación Finlandia, en Petrogrado, y me sacudió por completo cuando volví a encontrarla en el mismo lugar un mes después.

Era una chica extraña, con toda la apariencia de ser una espía o de trabajar para uno. Su situación era muy poco convencional, pero la verdad es que todo en medio de una guerra mezclada con revolución es poco convencional. Yo no la había escuchado pronunciar más de una o dos frases, sabía que su voz era hermosa, pero quería saber si era inteligente. Tenía aires de aristócrata, aunque parecía conocer el socialismo y el comunismo. El camarada Leopold desconfiaba de ella, pero hay que decirlo, Leopold desconfiaba de todo y de todos... Había algo en la mirada de esa mujer que no me dejaba pensar en otra cosa que no fuera en ella.

Y así, de pronto, cuando Anastasia ya no estaba con John Mann y Leopold había desaparecido inusitadamente en algún tipo de misión revolucionaria, la encontré. Yo había quedado de reunirme con mis camaradas afuera el Instituto Smolny, para escuchar los acalorados debates del Primer Consejo de los Sóviets y ser parte de la revolución mundial.

Pero ahí estaba ella. Lo primero que pensé, desde luego, fue que estaría haciendo algún trabajo para aquel hombre; pero al parecer estaba sola, casualmente afuera del edificio donde sería el congreso. Esa casualidad no me gustaba nada, pero ella me gustaba demasiado como para desperdiciar esa oportunidad.

No sabía qué decirle, así es que recuerdo que simplemente me acerqué por su espalda y le pregunté su nombre, aunque ya lo conocía. Conversamos poco y tímidamente al principio; era obvio que los dos desconfiábamos un poco. Era lógico, considerando las circunstancias en que nos conocimos.

Pero ese mismo día terminamos la plática con risas y besos en las mejillas. Al día siguiente yo la besé en la boca y una semana después hacíamos el amor apasionadamente. Algunas de mis dudas sobre John Mann quedaron resueltas; era obvio que ella era virgen. Yo, afortunadamente, tenía dos experiencias previas.

No pude evitar mezclar la pasión con la causa y le dije que desconfiara de John Mann, que hurgara, que buscara respuestas. Ella me pidió que hiciera lo mismo con Leopold. De pronto pensé que con el amor como pretexto nos espiábamos mutuamente. Pronto quedó claro que no era así.

El señor Mann, en efecto, era mucho más de lo que decía ser, pero para mi sorpresa, también el camarada Leopold.

Yo sabía que Leopold juntaba dinero para el partido y que junto con Stalin hacían cosas un tanto reprochables; pero el fin, definitivamente, justificaba los medios. Sin embargo, me di cuenta de que Leopold, y muchos otros comunistas, con la idea de exportar la revolución al mundo, comenzaban a tener el mismo comportamiento que tanto criticaban en los enemigos a los que llamaban imperialistas: conquistar y someter.

Todo eso me dejó de importar. Durante todo el mes de junio vi a Anastasia todos los días; me pidió que la llamara Annya. Pasamos horas interminables conversando sobre autores diversos, sobre nuestras vidas y nuestras ideas. Yo le conté que fui herido en la pierna estando en Estonia… Me pareció más heroica que la historia del aristócrata que me disparó para salvarme.

También pasamos noches interminables haciendo el amor, primero en mis escondrijos y después en el hotel de lujo donde extrañamente seguía alojada. Era un lugar hermoso pero obsceno. Con la riqueza de una sola habitación podría alimentarse toda una familia obrera por un año. Comprendí mucho mejor la causa y creo que ella también.

Yo iba todos los días al Congreso de los Sóviets y le contaba lo que ocurría. Fue muy decepcionante. Los mencheviques y los socialdemócratas dominaban los sóviets y mostraban una postura colaboracionista con el gobierno de Kerensky, con la continuidad en la guerra y con la idea de mantener ese equilibrio de poderes entre los burgueses de la Duma y el pueblo representando en los sóviets.

Era indigno. Lenin tenía razón: la flama de la revolución se estaba extinguiendo y sería necesario avivarla con la violencia. La única noticia alentadora en junio fue que Trotsky ingresó de manera formal al Partido Nacional Bolchevique. Su reconciliación ideológica con Lenin era total. Y mientras los partidos jugaban a la negociación, era evidente que esos dos astutos zorros planeaban la toma del poder.

En julio me había entregado a una apasionada revolución personal con Annya, pero el camarada Lenin comenzó efectivamente a avivar la flama y a cumplir sus promesas de organizar la revolución, incitar a la violencia y buscar como fuera la toma del poder.

Una mañana calurosa de julio salimos juntos del Astoria para encontrarnos con una inmensa masa de marineros, quizás diez mil o más, que venían de la cercana base naval de Kronstadt y llegaban al centro de la ciudad. Alrededor de ellos había miles y miles más de personas que los acompañaban, llevando pancartas con frases de Lenin, o con su rostro, y desde luego, gritando consignas.

—¿Qué ocurre? —me preguntó Annya.

—No lo sé —contesté confundido—. Suelo ser el primero en enterarme de estas cosas y estar en primera línea. La gran masa, evidentemente, es de marineros y los que los acompañan son principalmente bolcheviques y compañeros anarquistas. No sé qué ocurre.

A lo lejos distinguí a Aleshka haciendo señas, corrí hacia ella, quien a su vez se acercó hasta nosotros.

—¿Qué ocurre aquí? —le pregunté—. ¿La revolución?

—Posiblemente —respondió Aleshka al tiempo que nos miraba tanto a mí como a Annya de pies a cabeza—. Si yo fuera tú, correría a esconderme... La revolución no es para burguesitos... ni para los juguetes sexuales de las princesas.

Pronunció la última frase llena de rabia y sin apartar su mirada de Anastasia.

—Vamos, camarada, tranquila, ¿qué te ocurre? Soy el mismo revolucionario de siempre.

—No me llames así… Así nos decimos los comunistas que compartimos la causa.

—Soy uno de los suyos, y lo sabes.

—¿Ah, sí? —respondió mientras comenzaba a alejarse—. ¿Entonces por qué no sabes nada del discurso que el camarada Lenin dará ante los marineros afuera del sóviet? Quizás se te olvidó por tanto vino francés. La ofensiva de Kerensky en la guerra fue un fracaso, los soldados se negaron a avanzar; comenzaron a desertar, a regresar a casa. Muchos de estos marineros decidieron dejar la guerra y sumarse a la revolución.

Aleshka se alejó corriendo y se mezcló con la multitud. ¿Tenía razón? ¿Había abandonado la causa por estar retozando en sábanas de algodón egipcio tomando vino francés con una novia burguesa? ¿Era digno de llamarme comunista y fiel a la causa? ¿Bastaban unas semanas de comodidades para olvidarme del sufrimiento de mis hermanos? Volteé a ver a Annya y sentí un poco de vergüenza. Tengo que decir que la miré con cierto asco, como culpándola. Ella lo notó.

—Tino, tranquilo, yo…

No la dejé terminar.

—No me digas nada, Anastasia. Todo ha sido mi culpa: dejé que me alejaras de la causa.

Salí precipitadamente detrás de Aleshka, hacia la multitud, hacia el camarada Lenin y hacia la revolución. El amor no es para tiempos revolucionarios. Hay causas superiores.

Llegué a la zona donde estaba el Palacio Táuride, sede del Sóviet de Petrogrado. La multitud sumaba decenas de miles de personas. El pueblo despertaba finalmente. Ahí estaba repitiendo las proclamas de la revolución, los ideales marxistas expresados por Lenin. El pueblo despertaba y exigía la presencia de su líder, del valiente idealista que tomaría las riendas de la multitud y las convertiría en una sola fuerza: ese era el camarada Lenin.

—¿Qué es el poder soviético? —gritaba Lenin a la multitud—. ¿Cuál es la esencia de este nuevo poder que por temor no quiere comprender el resto de los países? Su esencia, que atrae cada día a más trabajadores de todas las naciones, consiste en un giro radical: el Estado siempre ha estado gobernado, de un modo o de otro, por los ricos y los capitalistas; mientras que ahora gobiernan, por primera vez y todos juntos, los miembros de la clase que era oprimida por los capitalistas. Mientras las tierras tengan dueño, mientras siga habiendo propiedad privada sobre los medios para producir riqueza, el Estado, incluso en la república más libre y democrática, estará gobernado siempre por una minoría que vivirá del trabajo de todos los demás. El poder soviético triunfará en todo el mundo, porque ofrecemos a los oprimidos de ayer la posibilidad de levantarse y tomar su vida en sus manos. Los enemigos de los trabajadores, los terratenientes y los capitalistas, dicen que obreros y campesinos no podrían sobrevivir sin ellos. Que sin capitalistas no hay orden, ni disciplina, ni administración del trabajo o quien obligue a trabajar. Dicen que sin ellos el Estado se desmoronará. Si se nos arroja del poder, dicen los capitalistas, la ruina nos hará volver. No se confundan con estas palabras, soldados, obreros y campesinos. En el ejército es necesaria la más rigurosa disciplina, y aquí los obreros conscientes supieron unir a los campesinos, poner de su lado a los desertores zaristas y luchar por una sociedad que no se basa en la represión sino en la camaradería y la lealtad. Pero para garantizar para siempre el estar libres del yugo capitalista deben estar unidos todos, soldados, obreros y campesinos, en un gran ejército rojo del trabajo.

Ahí estaba finalmente Lenin convocando a la revolución. Pero no había miembros destacados del partido a su alrededor, no estaban los diputados bolcheviques del sóviet ni los más destacados oradores. Era como si hubiesen dejado solo a Lenin.

De pronto comenzó el caos: una marejada de personas se desencadenó desde la avenida Nevsky. Se escuchaban llantos y gritos, y de pronto se escuchó también la razón de lo que ocurría: los tiroteos. Ahí estaba una de las esencias del régimen capitalista: el opresor, el poderoso, usando al pueblo para someter al propio pueblo.

Los balazos comenzaron en ambos sentidos: pueblo contra pueblo por el poder de los tiranos. Algunos manifestantes comenzaron a arrojar comida podrida contra las paredes y las ventanas del edificio que servía de sede al sóviet.

—¡Tomen el poder cuando se los entregan, cobardes hijos de la gran puta!

Ese era el clamor de un pueblo que exigía a sus representantes del sóviet arrancar el poder a la burguesía del gobierno provisional… Y un sóviet que, por revolucionario que se dijera, no quería asumir tal responsabilidad. Esos pusilánimes eran los mencheviques y los socialdemócratas.

—Nosotros estamos dispuestos a tomar el poder ahora mismo —clamaba Lenin—. No hay otra alternativa que la política bolchevique o veremos cómo es abortada esta revolución, abortada como lo fueron todas en el siglo XIX. Los sóviets deben tomar el poder para evitar un golpe contrarrevolucionario. Los sóviets deben retirar a nuestros hermanos del frente alemán.

Ahora la comida podrida caía sobre el estrado donde hablaba Lenin, proveniente de diversos puntos de la gran multitud.

—Lenin trabaja para los alemanes —se escuchaba por un lado.

—Es un agente del káiser. Trabaja para que el Imperio alemán derrote a la República francesa —gritó alguien a lo lejos.

—Llegó con dinero capitalista —clamó otra voz.

—Está dispuesto a vender territorio a cambio de poder —se bramó desde otro lugar.

Infiltrados. El gobierno enviaba a sus propios agentes para desestabilizar el movimiento. Estaba seguro de eso. La multitud comenzó a enloquecer y toda la zona del sóviet se convirtió en un infierno. Por un lado, había tropas del gobierno disparando a la multitud, como en tiempos del zar. Hombres, mujeres y niños caían muertos. Otros se defendían; surgieron barricadas. Pero al mismo tiempo el pueblo que recibía el azote de sus opresores se peleaba también contra sí mismo.

Me encaramé en lo alto de una barricada que estaba siendo levantada en ese momento y comencé a agitar un paño rojo que había quedado en el piso: la bandera de la causa comunista.

—No hagan caso de los alborotadores infiltrados de Kerensky. Los bolcheviques deben tomar el poder; Lenin debe hacerlo. El gobierno está destruido y el sóviet no asume su responsabilidad histórica de liberar al pueblo. Rusia sólo renacerá afuera de esta maldita guerra capitalista.

—¡Maldito bolchevique traidor!

Esas palabras y un disparo fue lo último que escuché. Sentí un dolor punzante en el costado izquierdo y lo último que vi fue un grupo de cuatro personas que se lanzaron contra mí. Desperté en una prisión, arrojado sobre un frío suelo de piedra, aún sangrante y con una herida en muy mal estado cerca de mis costillas. Pasé ahí los siguientes días en compañía de unas doce personas más, bolcheviques y anarquistas casi todos ellos.

Lenin y Trotsky estuvieron en las calles alebrestando a la multitud con discursos y consignas, según se rumoraba dentro de los muros de la prisión gubernamental, pero fueron traicionados por el partido, que no se manifestó. Los mencheviques pactaron con el gobierno en el sóviet, decían otros. Hay agentes británicos detrás, comentaban otros más; a Inglaterra no le conviene que Rusia salga de la guerra.

Las jornadas revolucionarias de julio fueron un fracaso. Esa fue la noticia que nos llegó a la prisión. El gobierno sometió la revolución, y fue tristemente ahí, desde la prisión, donde viví el primer estallido revolucionario. Quizás fue lo mejor. Hubo miles y miles de heridos, muertos y desaparecidos en esas jornadas. Con el pretexto de que el caos se apoderaba de las calles, y con la protección del pueblo como discurso legitimador, Alexander Kerensky fue nombrado oficialmente primer ministro y se le invistió con mucha más fuerza y autoridad.

Los contrarrevolucionarios estaban haciendo de las suyas. Los propios guardias nos daban las terribles noticias para desalentarnos. La sede de los bolcheviques fue tomada por el gobierno, las instalaciones del diario *Pravda* fueron destruidas, León Trotsky fue arrestado y Lenin salió huyendo a Finlandia. Unos 100 mil camaradas salieron exiliados de la ciudad, los obreros fueron desarmados y los soldados que apoyaban la rebelión fueron enviados de nuevo al frente.

Un día cualquiera de mi encierro, llevaría unos cinco días allí, un guardia pronunció mi nombre y me sacó casi a patadas de la celda.

—Han venido por ti, muchachito suertudo. Tu hermana vino a rescatarte. Parece una dama de bien y de buena familia; mal por ti que hayas terminado enredado con los comunistas.

No tenía idea de qué me estaba hablando: cuál hermana, cuál buena familia. Entendí a lo que se refería cuando finalmente vi a Annya, vestida como toda una dama de sociedad, esperándome.

—Hermano, qué bueno que te encontré. Vamos a casa que nuestra madre está preocupada.

—Esto es un error —dije al verla y comencé a caminar de vuelta a mi celda.

—No seas estúpido, Tino —Anastasia se me acercó y me habló al oído—. Tuve que inventar esta ridícula historia y repartir dinero para poder sacarte. Si vives hoy, luchas mañana. Usa la cabeza para algo más que para memorizar doctrinas.

Volteé a ver a Anastasia. Era hermosa, incluso así vestida de aristócrata, con esas faldas llenas de ridículos pliegues y esa cintura ceñida y ese busto pronunciado que me hacían arder de deseo. Ella era la culpable. Por entregarme a placeres mundanos con ella me había olvidado por completo de la causa revolucionaria… Pero la observaba y pensaba que lo volvería a hacer. Esa mirada suya, ahora fijamente clavada en mis ojos, generaba la más extraña de las reacciones en mi persona.

Tomé mi abrigo y salí con ella de la prisión. De hecho, necesitaba su ayuda y la de un bastón para caminar. Me habían disparado los matones de Kerensky, estaba seguro. Afortunadamente, la herida no fue grave, aunque se estaba infectando por falta de cuidados. Era evidente que una vez caído al suelo me habían molido a palos; tenía dolores y moretones por todo el cuerpo.

—¿Cómo lograste sacarme? —pregunté llanamente al estar en la calle.

—Libras esterlinas, querido; parece que les gustan mucho a los oficiales.

Dinero de John Mann, pensé. Rescatado por una niña vestida de aristócrata con la que retocé por semanas en un hotel de lujo. Sentía vergüenza de mí mismo, por eso quería quedarme en la celda. Pero Anastasia era muy lista y lo que dijo estaba lleno de sentido: vive hoy y lucha mañana. Recordé al camarada Lenin para consolarme: la revolución es el único baremo ético y social. Siendo así, podía ser salvado por dinero burgués.

—Bueno, pues gracias —dije al tiempo que comencé a caminar en dirección contraria a ella.

—No seas necio, Tino. Te llevaré al Astoria. John sigue sin volver y ahí podrás tener todos los cuidados que necesitas. Todos los cuidados que yo te daré. Esa herida no se ve nada bien.

—No necesito tus cuidados —dije seriamente.

Annya se acercó hacia mí, lentamente y con delicadeza, caminando de una forma que ella sabía que me excitaba, sonriendo a medias, y mirándome fijamente a los ojos.

Había descubierto que sus ojos simplemente me perdían por completo. Eran un arma mortal. Se posó delante de mí, a pocos centímetros de mi boca.

—Mi querido revolucionario —me dijo—. ¿De qué sirve una revolución sin amor? Nos enamoramos, Tino; no hicimos nada malo más que amarnos. Olvidaste tu causa porque estabas centrado en ti y en mí. Se llama amor, Tino. Si ustedes los comunistas no son capaces de sentirlo, espero que nunca lleguen al poder.

ANASTASIA

San Petersburgo
Agosto de 1917

Mi pobre y angustiado Tino vivía demasiadas revoluciones a la vez y eso le estaba desgarrado el alma. Una consigo mismo, otra conmigo y, por supuesto, la revolución mundial. Seguía la causa como ferviente cristiano a Jesús. Esa fue otra cosa que siempre me sorprendió de los comunistas: su fanatismo antirreligioso y el religioso fanatismo con el que seguían su doctrina, como si fuese una religión. Ni hablar de la culpa que sentían al pecar contra ella.

Tino había pecado ante el comunismo por convivir con una mujer que no era proletaria, por yacer en una cama con sábanas finas, por dormir en un hotel de aristócratas, por haber sentido placer mientras el pueblo sufría, por pensar en él mientras había una causa superior. En cada revuelta había caídos que esperaban la muerte en sucios cuchitriles, mientras él llevaba tres semanas sanando en el mejor hotel de lo que había sido Rusia. Como buena religión rusa, al parecer en el comunismo bolchevique también había que sufrir.

Sentía responsabilidad ante la causa, ante el partido y ante la clase obrera. Pobre Tino, nunca estaba él para ser su propia causa, para ser su prioridad y, desde luego, para ser el campo de batalla de su propia revolución. Sentía culpa al estar conmigo y disfrutar algunos momentos; lo comprendí de inmediato y no se lo reproché.

Estaba sentado junto a la ventana con la mirada fija en el río Nevsky. Yo trataba de decirle que aún necesitaba reposo, para evitar que cometiera alguna insensatez. Pero Tino no era ningún tonto, él sabía que estaba bien; en el fondo sabía que se estaba escondiendo. No podía negar que le agradaba el lujo del Astoria como escondite y, desde luego, no podía negar que, a pesar de todas sus quejas contra mi pensamiento pequeñoburgués, con mucho gusto olvidaba sus ideologías en medio de mis piernas.

Para mí fueron días maravillosos. Sacaba provecho de una situación incomprensible que me tenía la vida resuelta en medio de la guerra y tenía nuevamente conmigo a mi revolucionario. Habíamos pasado juntos todo el mes de junio, y en cuanto salió a pelear, la revolución me lo devolvió a los pocos días.

Habían sido tres meses intensos e inolvidables; uno de pasión y romance, otro de revolución e incertidumbre, y el último que habíamos pasado en su recuperación, hablando de la revolución y la guerra, de Europa y el mundo, de John y Leopold, de sus ideas y mis disidencias, y tratando de armar el rompecabezas de fotos, mapas y documentos de John Mann.

—Estamos a 23 de agosto —le dije para ubicarlo—. Hace dos días los alemanes tomaron el puerto de Riga. ¿No es justo ahí donde estuviste en la guerra?

—Donde estuve y de donde logré escapar… También es ahí donde hice dos promesas a un compañero moribundo, una de las cuales no logré cumplir… La otra debo cumplirla a como dé lugar.

—¿Se puede saber qué promesas fueron esas?

—Le prometí buscar y encontrar a una persona, pero murió antes de poder decirme más. Antes le había prometido construir un mundo mejor. Eso tengo que lograrlo.

Ese era el Tino que me despertaba amor y admiración: el soñador, el idealista. Era, efectivamente, todo un revolucionario con una gran llama encendida; lo malo era que muchas veces esa flama le inflamaba el corazón, pero la mayor parte del tiempo le quemaba las entrañas.

—Me mandaban como carne de cañón para la ofensiva de Brusilov en los Cárpatos —relataba Tino—. Escapé y logré llegar hasta Riga, con la pierna herida, y de ahí embarcar a San Petersburgo. Como hicieron los soldados de la base de Kronstadt hace un mes, que cambiaron la guerra por la revolución.

—Renunciaron a morir luchado por una causa y prefirieron morir luchando por una causa distinta. No veo mucha diferencia para esos pobres hombres. Sea la patria o sea la causa revolucionaria, parece que están destinados a ser alimento de los gusanos.

—Entienden que hay algo superior a ellos…

No lo dejé terminar, necesitaba reposo y no enredarse en discusiones, aunque lo cierto es que yo misma no podía evitar darle un poco de cuerda y entrar en temas apasionantes. La vehemencia con la que hablaba Tino de algunos temas, y la forma en que le brillaban los ojos al referirse a ciertos pensadores, eran adictivas.

—Ya lo sé, cariño, algo superior a ellos… la Causa, el dios de la religión comunista —dije con una sonrisa.

Llevaba molestándolo con ese tema desde la semana anterior, me divertía mucho.

—Que no somos una religión.

—Yo sé que tú piensas sinceramente eso. Pero tienen su Causa como su dios, su Lenin como mesías y Marx como su profeta, su Sagrado Capital como escritura, sus herejes como Bakunin, sus ancestros heroicos como Montaigne, sus símbolos sagrados, sus dogmas incuestionables y sus líderes impolutos. No sé, a mí me parece muy similar a la Iglesia.

Me di cuenta de inmediato cuál era la situación de Tino, pues padecía exactamente de lo mismo que yo. Llevaba años sin conocer el amor, los cuidados, el cariño. Parecía rudo; era fuerte y fingía serlo más aún: estaba blindado; pero bastaba un poco de ese amor que tanto necesitaba para convertirse en un niño cariñoso… Y berrinchudo, cada vez que el tema de la causa le pasaba por la cabeza.

—Bueno, querido Tino, pues los alemanes han tomado Riga; de ahí sólo tienen que navegar y llegar aquí a San Petersburgo. Si Lenin quiere firmar una paz honrosa con Alemania tiene que apresurar el proyecto de tomar el poder. En pocas semanas la paz será forzosa incluso para Kerensky.

—No sé lo que pasa. De pronto parece que el camarada Lenin se está acobardando sin comenzar la fase armada, pero creo que entiendo su estrategia. El gobierno de Kerensky está cayendo por sí solo y no tiene caso desgastarse contra él. Lo que están haciendo los bolcheviques, gracias al poder histriónico y oratorio de Trotsky, es llenar los sóviets de seguidores. Van de uno en uno convenciéndolos de las ideas de Lenin. Están atestando los sóviets de partidarios y están convenciendo a obreros y campesinos de que la toma del poder debe ser por las armas. Al mismo tiempo, cada vez convencen a más militares que vuelven de la guerra a sumarse a la revolución. Es cosa de días, pero tienes razón, queda poco tiempo antes de que Alemania obtenga una victoria definitiva.

Yo no confiaba en Lenin. Nunca confié en él. No niego su genio intelectual y político, su perfecta mente de estratega, su habilidad sin límites. Pero siempre me pareció que el camarada Lenin había tenido más contacto con libros que con personas, y por lo tanto les tenía más aprecio a los primeros. Vivía en un perfecto mundo de teorías que, cuando fallaban, era por culpa de la realidad. Era un gran hombre, sí. Pero era un fanático religioso dispuesto, al estilo católico medieval, a aniquilar a millones por defender e imponer la incuestionable ortodoxia.

—No quiero discutir contigo, querido Tino, pero yo pienso que Lenin es un manipulador y los jóvenes entusiastas como tú son su principal arma. Pudo haber comenzado la revolución, pero es frío y calculador; se le hubieran sumado otras corrientes políticas y habría tenido que compartir el poder, cosa que no quiere. Lenin alebrestó a la gente y la dejó a su suerte. Lanzó masas a las calles para mostrar su poder al gobierno, pero no le interesa un solo individuo de esa masa. Ahora está tranquilo en Finlandia, viviendo del matón ese, Stalin. Volverá cuando pueda tomar el poder para él solo y sin necesidad de las demás fuerzas.

—Lenin nunca ha negado nada de eso… No es un demócrata: siempre ha dicho que la democracia es un invento burgués para adormecer al pueblo.

—Y probablemente lo es, cariño, pero esa idea de un solo partido, de intelectuales selectos que saben todo lo que el pueblo necesita, porque lo han leído en los libros, y rigen cada aspecto de la vida, no me parece muy distinto a la monarquía absoluta.

—Lenin es un genio de las ciencias sociales. Gobernará con un método científico, bueno para todos.

—Para todos los que compartan sus ideas. Tino, la Iglesia mataba a los herejes, los monarcas mataban a sus enemigos, y si ahora los comunistas van a matar a sus propios herejes, a los que llaman contrarrevolucionarios por no estar de acuerdo con ellos, no veo ninguna diferencia.

—No te entiendo, Annya —dijo Tino, ya un tanto molesto—, pareces entender la causa proletaria, entiendes a Marx y conoces el funcionamiento de la explotación; has leído a los Ilustrados y a los marxistas, perdiste a tus padres en guerras capitalistas… Y de pronto pareces toda una blanca, una menchevique, una socialdemócrata, o, peor aún, una apolítica. A veces parece que la vida de engaño burgués en la que, por razones extremadamente sospechosas, te mantiene Mann, te ciega por completo.

—Te lo dije el primer día que conversamos, Tino: comprendo y respeto la causa social, entiendo que todo debe cambiar, pero definitivamente no veo a ningún revolucionario que en el fondo sea muy distinto a los poderosos actuales. Lenin está lleno de odio hacia los que por azares del destino nacieron en la bonanza, cuando él mismo nació en ella. Él tiene una venganza familiar con el zar y una promesa con el káiser Guillermo de Alemania. No me convence.

—Sólo repites las ideas que te ha metido en la cabeza John Mann.

—Y tu repites las del camarada Lenin o Trotsky; pero a mí nadie me expulsa de un partido si me atrevo a pensar diferente. Tino, saca la revolución de tu mente por un rato. En este momento ya no hay revolución en Rusia; el gobierno se ha dedicado a encarcelar y a desarmar a los bolcheviques. De momento todos los bolcheviques están fuera de

la ley. Se han pronunciado en su contra el gobierno, el sóviet y el ejército. Los están cazando como ratas. Kerensky
estuvo a punto de instaurar una dictadura militar y el caos
generado por los bolcheviques fue su pretexto. Al final se
echó para atrás.

Tino seguía callado, mirado por la ventana hacia lo más
lejano del horizonte mientras servía una infusión de su samovar, ese maravilloso invento ruso para mantener el té
siempre en estado de ebullición, algo muy necesario en inviernos de cuarenta grados bajo cero. Cada cultura inventa
lo que necesita para sobrevivir; por eso los rusos habíamos
inventado el samovar, a León Tolstoi y el vodka. El samovar para tener té caliente, a Tolstoi para aprender a llevar
el sufrimiento y el vodka para aquellos a los que el hambre
no los dejaba concentrarse para leer a Tolstoi.

—Yo tenía que construir un mundo mejor, Annya, lo
prometí. En lugar de eso estoy bebiendo de un samovar en
un hotel de nobles.

—Donde tenemos un trabajo que hacer, ¿recuerdas? Así
es que te propongo que pasemos a la mesa de trabajo y sa-
ques esa inteligencia que tienes. Siempre podrás cambiar el
mundo después, Tino, porque mientras no cambien las
personas el mundo seguirá siendo una mierda.

En la mesa de trabajo teníamos desplegados diversos
documentos de los que había encontrado en el escondite de
John Mann, particularmente los que estaban relacionados
con Rasputín. Me obsesionaba el tema y habíamos aprovechado la recuperación de Tino para tratar de comprender
algo al respecto.

Al momento lo que nos parecía evidente es que "Fuerzas oscuras" era el nombre que le daban a Rasputín unos
agentes británicos, que al parecer estaban relacionados con

la muerte del monje, o por lo menos la celebraban. El asesinato de Rasputín, de eso no había duda según los documentos, significaba que no habría paz con Alemania.

—Eso te lo he estado señalando constantemente—le dije a Tino—. Rasputín siempre le recomendó al zar que saliera de la guerra y que firmara la paz con Alemania. Eso evidentemente no les convenía a los británicos, y dado que el monje sí tenía influencia en el zar, decidieron que era necesario eliminarlo. A la fecha, el Imperio británico necesita a Rusia dentro de esta guerra.

—Rasputín era un agente que trabajaba a favor del káiser —reclamó Tino—. Eso siempre se supo y se dijo; por eso la nobleza decidió eliminarlo.

—Tino, tu camarada Lenin también exige la paz con Alemania y por eso mismo también lo acusan de ser agente del káiser. ¿Cómo puedes defender a Lenin de trabajar para Alemania, y culpar a Rasputín de lo mismo, si ambos traían el mismo tema: firmar la paz?

—Lenin quiere firmar la paz para dejar de sacrificar obreros en defensa de causas capitalistas y aprovechar su fuerza de trabajo para construir una nueva Rusia.

—Supongamos que te creo eso: ¿no podríamos asumir que Rasputín recomendaba la paz con Alemania porque era un místico pacifista, o porque le preocupaba, lo mismo que a Lenin, que el campesino ruso fuera desangrado en una guerra que no incumbía a Rusia? Incluso, podemos creer en eso de que era profeta y sabía que la guerra estaba perdida. Da igual: el tema es que lo mejor para Rusia es salir de la guerra, por la razón que sea, y que los británicos nos quieren dentro. Por eso mataron a Rasputín.

—Pero vamos, Annya, de inmediato se supo que el príncipe Yusupov invitó a Rasputín a su palacio, a una fiesta, banquete, orgía, o lo que fuera, que trató de envenenarlo, y al no lograrlo, le disparó dos veces en la espalda.

—Precisamente, eso es lo que todos dicen, y que es falso. Aquí tienes la foto del cadáver de Rasputín. Tiene un agujero de bala en la frente. Eso fue lo que lo mató. Alguien más estuvo ahí, alguien más hizo el disparo fatal, y ese alguien aparentemente es Oswald Rayner, un agente secreto británico. Inglaterra quiere a Rusia en la guerra, Rasputín la quería fuera, y entonces lo mataron. No hay más vuelta que darle a eso.

—Bueno, pues lo mismo pasa con Lenin: es difamado por los británicos, que apoyan al gobierno provisional, por querer sacar a Rusia de la guerra con Alemania. Por eso el gobierno de Kerensky se mantiene dentro, por presión inglesa y para tener reconocimiento.

—Muy válido, camarada Tino, pero no se puede olvidar que Lenin atravesó Alemania en plena guerra, en un tren protegido por el ejército alemán, para poder llegar a San Petersburgo. Lenin sólo tiene dos puntos en su agenda: tomar el poder y firmar la paz con los alemanes.

Precisamente. Lenin se aprovecha de los alemanes. Ellos quieren la paz con Rusia para poder atacar Francia con más fuerza; saben que Lenin busca la paz, y entonces lo apoyan. Mal haría Lenin si no aprovecha esa situación en nombre del proletariado.

—Concedido.

—¿Cómo, así nada más? ¿Lo aceptas?

—Tiene sentido. Alemania quiere concentrar su esfuerzo bélico con Francia y por esa razón apoya a Lenin. Él, brillante como es, aprovecha la oportunidad y se aprovecha de los capitalistas.

—Es lógico.

—Sí, aunque de cualquier forma tiene al káiser como patrón; recibió dinero de él, suficiente para armar a millones de proletarios y tomar el poder. No le va nada mal.

—El camarada Lenin quiere el poder por el bien de los demás.

—Por favor, Tino, no seas ingenuo. Todos quieren el poder para sí mismos, Lenin incluido.

En ese punto Tino siempre guardaba silencio. En realidad, no era tan ingenuo como parecía al defender a su líder. Era más bien un idealista tratando de aferrarse a que un día alguien pudiera hacer algo por el beneficio de los demás y no por puro egoísmo. A eso yo siempre le respondía que era posible, pero que creía más capaz de eso a Rasputín que a Lenin.

—Bueno —prosiguió Tino—, vayamos al resumen de lo que parece seguro siguiendo la lógica: a Francia y a Inglaterra les conviene que Rusia siga en la guerra para dividir el esfuerzo bélico alemán. Por lo tanto, todo aquel que busque sacar a Rusia de la guerra es enemigo de los ingleses, pensemos que por eso matan a Rasputín, y amigo de los alemanes, que por eso apoyaron a Lenin.

—Justo así. Aceptando que el propio John Mann, cuyos intereses desconocemos por completo, se pregunta si Rasputín será un agente, un simple loco, o incluso un místico vidente, de lo que se derivaría que estos mensajes escritos por el monje puedan ser bien simples delirios, quizás profecías del futuro, o bien mensajes cifrados del agente secreto.

—Yo le apuesto a eso último. Rasputín era un agente alemán.

—Muy bien, en ese caso yo me quedó con ese breve comunicado a Herr Arthur, quien quiera que sea, diciendo que Lenin se comporta según lo esperado y que habrá paz con Alemania. Yo apuesto entonces a que Lenin es un agente alemán.

Los dos reímos.

—Muy bien —dijo Tino—, llegamos al punto en que no estaremos de acuerdo. No tiene caso estancarse ahí. ¿Qué te parece si pasamos a los mapas?

—Eso es algo de lo que John siempre me habló mucho, de cómo los poderosos hacen las guerras simplemente para repartirse el botín, cambiar las fronteras, inventar o destruir países y controlar los recursos.

—Odio decir que eso tiene sentido.

—En ese caso, estos mapas podrían ser algunos posibles panoramas sobre cómo esperan los vencedores, suponiendo que sean Inglaterra, Francia y Rusia, repartirse el mundo tras la guerra.

—¿Quieres decir que los británicos pretenden destruir el Imperio austrohúngaro e inventar un puñado de países?

—Cuya política, economía y recursos seguramente pretenden dominar. También vas a odiar lo que sigue, Tino, pero precisamente John Mann, como recordarás, le dijo a tu camarada Leopold que Rusia y Alemania podrían ser el cimiento de una Europa oriental comunista, y que los británicos buscan impedir eso a toda costa.

—Lo recuerdo bien.

—Y luego está el tema de Constantinopla, la segunda Roma, la eterna capital del Imperio otomano y la eterna piedra en el zapato de todos los zares. Rusia siempre ha buscado una salida al mar, y cuando finalmente la obtuvo en el Mar Negro, en tiempos de Catalina la Grande, lo hizo arrebatando el territorio a los turcos la Península de Crimea, en 1776. Desde entonces los turcos no dejan pasar a los navíos rusos por el estrecho del Bósforo y por eso Rusia quiere obtener Constantinopla como botín de guerra, para asegurar su salida al mar.

—Y por lo visto Inglaterra y Francia están de acuerdo en ceder esa limosna a Rusia, porque a cambio ellos se repartirían el Medio Oriente.

—Esa limosna para Rusia le vendría muy bien a Lenin si toma el poder. Por eso también negocia con los británicos… Quizás esa es la razón de que retrase la revolución y su toma del poder, para mantener a Rusia en la guerra, sin dar la cara por eso, y terminar obteniendo Constantinopla.

—Pero no tenemos datos de que los bolcheviques negocien con los británicos.

—Ahí te equivocas, querido. Y otra vez lo que te voy a decir no te va a gustar: John dijo repetidamente que tu camarada Leopold negocia con los británicos y que éstos lo están engañando. Tú has confirmado que se trae varios negocios sucios con Stalin, quien a su vez tiene arreglos con los ingleses por la zona del Cáucaso, esa que él llama Transcaucasia. No olvides otra cosa: Leopold, es decir, Levon Zoravar, es armenio, y precisamente en sus acuerdos con Stalin y los británicos se habla de una gran Armenia independiente, proyecto que respalda el presidente estadounidense Woodrow Wilson.

—Bueno, ya que eres tan brillante, ¿qué interés pueden tener Inglaterra y Francia en ese horrible desierto que es el Oriente Medio?

—Petróleo, querido; el mismo interés que tiene Stalin en conservar el Cáucaso y el Mar Caspio, con el puerto de Bakú. El petróleo es lo que ahora mueve al mundo.

—Supongo que todas esas lecciones de geopolítica, estrategia y diplomacia te las ha dado John Mann…

—Sólo algunas… pero quizás yo soy muy inteligente para entender por mi cuenta muchas cosas más. Y mira, uno de los mensajes proféticos de Rasputín es precisamente sobre el Medio Oriente.

Tomé los documentos con las frases de Rasputín en ruso e inglés y le mostré una en especial a Tino.

"En la Media Luna, fértiles tierras serán convertidas en prisiones y el sufrimiento humano será como una lluvia sin fin en la tierra entre los dos ríos. La muerte será invocada incesantemente y el llanto no parará. Los venenos de su tierra la abrazarán como fogoso amante y las aguas serán más tóxicas que el agua podrida de la serpiente.

"Mahoma dejará su casa por cien años, las guerras estallarán como temporales de verano, abatiendo plantas y desbastando campos, hasta el día en que se descubrirá que la palabra de Dios es una, aunque sea pronunciada en lenguas distintas. Entonces la mesa será única.

"Habrá un tiempo de paz, pero la paz será escrita con sangre. Y cuando los dos fuegos sean apagados, un tercer fuego quemará las cenizas."

—Creo que la Media Luna de tierras fértiles es Mesopotamia, que significa precisamente tierra entre ríos, y que es el territorio que pretenden quedarse ingleses y franceses. Por si no quedara suficientemente claro, habla de la casa de Mahoma, es decir, de las tierras del islam.

—A mí me tiene sin cuidado lo que ocurra con los árabes o con el islam. Me importa la causa comunista; me importa Rusia y Europa. En el Imperio otomano puede pasar lo que decidan esos enturbantados.

A veces era Tino el idealista, el buen rebelde, el de las causas justas; pero de pronto era el fanático religioso al que sólo le interesaba su doctrina comunista. Comenzaba a pasarle lo que a Lenin y a tantos intelectuales: las teorías se habían vuelto más importantes que la realidad, las doctrinas sociales más importantes que la sociedad, y el humanismo más importante que los propios seres humanos.

—¿Es que no lo ves, querido Tino? Acabas de mencionar el problema de toda la humanidad. A cada individuo humano sólo le interesa él mismo, quizás un poco de su entorno y a quienes considera "los suyos", en tu caso, tus camaradas. Pero pueden permanecer en la indolencia ante el resto de la humanidad. La guerra es la guerra y afecta a todos. Rasputín habla de cien años de guerra en Medio Oriente y de setenta y cinco en Rusia… Mira.

Desplegué frente a él otra carta con otra de las profecías de Rasputín, quizás la más escalofriante. El santo místico había visto su muerte, sabía de su asesinato, por lo que le dirigió una carta al zar de todas las Rusias.

Zar de Rusia:
Escribo esta carta, la última, que quedará tras de mí en San Petersburgo. Debo morir antes del fin de este año. Le escribo al pueblo ruso, a su papá el zar, a sus hijos, a toda la Madre Rusia, aquello que deben saber y comprender. Si he de morir por la mano de gente ordinaria, especialmente por mis hermanos los campesinos rusos, entonces tú, zar de Rusia, no has de preocuparte por tus hijos: ellos gobernarán Rusia durante los siguientes cien años.

Pero si soy asesinado por los nobles y los aristócratas, sus manos quedarán manchadas por mi sangre y durante veinticinco años no podrán limpiar esa sangre de sus almas. Ellos deberán abandonar Rusia. Los hermanos matarán a los hermanos; las personas se matarán y se odiarán unas a otras. En veinticinco años no quedará una gota de sangre noble en Rusia.

Zar de la tierra de Rusia: si han sido tus parientes quienes provocan mi muerte, entonces ninguno de tu familia, de tus hijos o de tus parientes, quedará vivo durante más de dos años. Ellos serán asesinados por el pueblo ruso.

Los rusos verán la llegada del anticristo, la pestilencia, la pobreza. Serán profanados los templos y escupirán en los santuarios donde todos se volverán cadáveres. Por tres vuelos de veinticinco años los bandidos de negro destruirán al pueblo ruso y a la fe ortodoxa.

La cruz será arrojada en la bodega. Martillos y hoces golpearán sobre los altares y las llamas devorarán las iglesias. Llegará el día en que no habrá tierra suciente para sepultar a los muertos.

El nuevo imperio durará poco, tres vuelos de muerte de veinticinco años, y la cruz se alzará de nuevo. Pero tu familia, zar de Rusia, habrá dejado de existir.

Tino se quedó en silencio, sumido en lo más profundo de su mente, lleno de ideales y de miedos, de amor, pero también de venganza, de dogmas sociales y esperanzas. Yo creía en él, pues estaba completamente entregado y comprometido con sus ideas; realmente creía en sus causas y en sus discursos. Pensaba de una forma que, estoy segura, nunca creyeron Lenin o Stalin. Del mismo modo que cualquier buen cristiano seguramente cree en Dios, con más entrega y vehemencia que cualquier papa o rey de la historia.

Con el tiempo entendí que el problema de las revoluciones es que nunca son los idealistas los que arriban al poder. Hasta arriba llegan únicamente los que están dispuestos a hacer lo que sea con tal de llegar. Irónicamente, esas son las últimas personas que deberían tener el poder: las que lo ambicionan. Dicen que el poder corrompe, pero lo cierto es que la gente corrompida busca el poder. Tino era de los que lucharían por siempre y sostendrían en el poder a los que no deberían estar ahí.

—Bueno, querido Tino, es hora de que duermas. Debes descansar.

—Me quedaré aquí viendo por la ventana y reflexionando un rato, Annya. No te preocupes, te prometo que dormiré temprano. Debo estar bien para volver a las calles.

—Ya estás bien, Tino; la rozadura de bala ha sanado y lo único que mantienes de la golpiza son moretones. Mañana mismo puedes salir a las calles a buscar de nuevo que te maten. Te amo, Tino, precisamente por esa pasión. Por eso no puedo retenerte.

—Mañana me iré —dijo él simple y llanamente—. Lo nuestro no puede seguir. No debió comenzar. Somos muy diferentes. Yo soy comunista y tú no, soy revolucionario y tú no, creo en Lenin y tú no.

—Yo soy humana y tú también —lo interrumpí—. Vámonos de Rusia. Hagamos nuestra propia revolución. Yo te amo, Tino, y tú me amas a mí, por más que trates de negártelo. Mis padres murieron, los tuyos también, hemos vivido penurias, crecimos sin amor… Hagamos algo diferente, Tino; no con el mundo, sino con nosotros. Te amo, Tino; nos amamos. ¿Por qué debes ser tú el que cambie el mundo? Deja esa tarea en manos de Lenin y Trotsky, que no sé si amen a alguien además de a sí mismos. Vámonos de Rusia, querido Tino. Amémonos y que esa sea nuestra revolución.

—Mañana me iré al amanecer —respondió Tino, imperturbable.

—Como decidas —respondí con resignación.

—Me iré con Aleshka. A ella me une algo muy profundo: es mi camarada en la revolución. Lo nuestro no debió ocurrir nunca.

A la mañana siguiente Tino había desaparecido. Sentí una punzada en el corazón, pero sigo la máxima de que amar significa respetar la libertad de la persona amada. De pronto miré la mesa en la que habíamos trabajado y sentí otra punzada, esta vez en las vísceras: estaba vacía. Los mapas, las cartas de Rasputín, los documentos… todo lo que habíamos revisado y analizado durante varias semanas había desaparecido.

Vertí dos lágrimas, una de amor y otra de rencor.

—Eres más brillante y más útil de lo que llegué a sospechar.

Se me heló la sangre en las venas al escuchar a mis espaldas la voz imperturbable de John Mann.

KONSTANTIN

San Petersburgo
Septiembre de 1917

Traición sobre traición parecía ser la dinámica revolucionaria. Con el tiempo de por medio todo se ve diferente. Todo comenzó cuando el zar fue traicionado por su pueblo, que renunció a la obediencia después de trescientos años de sometimiento a la familia Romanov. Pero desde luego, el zar, el padrecito de los rusos, había traicionado a sus hijos, a todo su pueblo, al lanzarlos a morir en una guerra sin sentido contra un enemigo invencible, únicamente para aumentar sus territorios y lograr que Inglaterra y Francia le obsequiaran Constantinopla.

La misma guerra fue una traición familiar, una disputa entre primos, entre los diferentes nietos de la reina Victoria que gobernaban casi la totalidad de Europa y que estaban dispuestos a sacrificar a millones de proletarios y a traicionar a sus propios pueblos para acrecentar su poder.

Traición de la burguesía de cada país dispuesta a aplastar a sus connacionales obreros para aumentar sus riquezas; aunque antes esa burguesía ya había traicionado todos los ideales de libertad, igualdad y fraternidad de la Revolución francesa. La burguesía que levantó en armas al proletariado contra los monarcas en el siglo XVII se unió a los monarcas para aplastar a los proletarios a lo largo del siglo XIX.

Los generales traicionaron al zar al presionar su abdicación y el zar traicionó a su dinastía al firmar esa renuncia. El gran duque Miguel traicionó a su hermano el zar al no tomar el poder, y el gobierno provisional que se formó tras la caída del zar traicionó a toda Rusia al no salir de la guerra. Los mencheviques, que habían traicionado a los bolcheviques en 1903 al delatarlos ante el zar, traicionaron al pueblo ruso al aliarse al gobierno provisional en 1917.

Alexander Kerensky traicionó al pueblo ruso en julio de 1917 al lanzar una ofensiva contra Alemania en la que los rusos sólo serían la carnada para que Francia e Inglaterra avanzaran por el occidente. El mismo Kerensky nombró comandante supremo al general Kornilov para instaurar una dictadura militar en agosto y fue traicionado por el propio Kornilov, que intentó dar un golpe de Estado a principios de septiembre y tomar el poder para sí mismo. Esa fue otra gran oportunidad para que el Sóviet de Petrogrado tomara el poder, pero mencheviques y socialistas en el sóviet traicionaron la causa comunista al ponerse del lado de Kerensky.

Y estaba yo, desde luego. Yo había traicionado la promesa que hice a mi salvador, Konstantin Mijailovich, de buscar a su hija y velar por ella. Había traicionado a Anastasia para obtener información. Y, de hecho, había provocado que mi querida Annya traicionara John Mann, lo cual, desde luego, me tenía sin cuidado. Pero yo sí había traicionado a Annya y me dolía en lo más profundo del corazón. Pero era eso o traicionar la causa. Era impensable traicionar la revolución.

El camarada Leopold me lo había dicho; él se dio cuenta de que había causado una gran impresión en Annya, y supo que podríamos explotar esa debilidad para obtener información. Leopold había regresado: estuvo en el Cáucaso, en los campos petroleros de Bakú, un territorio que era necesario asegurar para poder financiar, primero, la revolución total en Rusia y, después, una revolución mundial.

—Camaradas —nos dijo Leopold—. Estamos a semanas de tomar el poder. Con el apoyo económico de los estúpidos alemanes, Lenin tiene armados a los bolcheviques y a los simpatizantes de los movimientos obreros. Se arrepentirán. Hoy tomaremos Rusia y mañana la propia Alemania. Ayer, 25 de septiembre, el camarada Trotsky fue electo presidente del Sóviet de Petrogrado y no deja de convocar a la revolución armada, a tomar por la fuerza un poder que nadie está ejerciendo. Los bolcheviques ya somos mayoría en los sóviets de toda Rusia y el camarada Tino logró proporcionarme información de los imperialistas británicos y franceses que nos será de gran ayuda para destruir sus planes.

Recuerdo que en ese momento Aleshka corrió hacia mí y se arrojó en mis brazos. Me besó profusamente.

—Yo sabía que no eras un traidor —me dijo.

Nunca en mi vida me había sentido tan traidor y miserable.

—Camaradas —continuó Leopold—. Trotsky es de vital importancia por su acción política y militar en los sóviets. Gracias a él tomaremos el poder. Lenin es indispensable para la revolución por su genio político y su habilidad estratégica, pero hoy quiero presentarles al camarada que ha sido clave para todo nuestro triunfo, el que ha sacrificado su vida y su libertad por la causa y el partido, el que ha conseguido fondos asaltando los pozos petroleros del Cáucaso, y el que desde hoy, incluso antes de tomar Petrogrado, nos tiene asegurado un gran futuro porque exportará la revolución a toda Asia. Es un honor presentarles a Iosif Vissariónovich Dzhugashvili, el hombre de acero de esta revolución, conocido por todos ustedes como Stalin.

Éramos unas treinta personas en el escondite que Leopold había conseguido para esa reunión clandestina, la última que haríamos ahora que los bolcheviques éramos mayoría en los sóviets y estábamos a punto de tomar el poder. La mitad eran jóvenes de mi edad, algunos en sus veintes, otros más de la edad de Leopold; el mayor entre nosotros era precisamente el camarada Stalin, que entonces tenía poco menos de cuarenta años. Todos irrumpieron en aplausos y vivas ante la presencia del hombre de acero.

Stalin era imponente y muy distinto a Lenin y a Trotsky. Éstos eran intelectuales y vestían de ese modo. Vladimir Lenin solía portar un traje de tres piezas, oscuro y austero; lo único discordante en su vestimenta era su gorra de obrero, evidente recuerdo de su viaje clandestino por Alemania, Suecia y Finlandia. Era serio y adusto, siempre con una mirada severa, como si nunca dejara de pensar en la revolución.

Por su parte, León Trotsky parecía un erudito universitario, siempre de traje igual que Lenin, con una melena alborotada que le daba todo un aire de guerrillero y que contrastaba con la calvicie intelectual de Lenin; usaba bigote y una pequeña barba, un tanto desordenados, y su toque intelectual se lo proveían sus anteojos redondos. Pero lo que más destacaba en Trotsky era su semblante: ojos flamígeros, profundos, claros y penetrantes… Pero poseía algo extraño para aquella generación revolucionaria: siempre se le veía sonriente. Su vida de rebelde había sido muy ruda, pero al parecer nunca logró hacer mella en su buen ánimo.

Iosif Stalin era más un promotor de ideas que un pensador y mucho más un guerrillero que un intelectual. Era más burdo y tosco que los otros dos, y también así había sido su vida. La rudeza que había experimentado en su vida se reflejaba en su rostro, particularmente en las cicatrices que la viruela le dejó de por vida.

Era un rebelde de nacimiento y por esa razón había vivido casi la mitad de su vida en el destierro o en el exilio. Simpatizó con los bolcheviques desde la división del partido en 1903 y se dedicó a escribir artículos popularizando las ideas de Lenin, a quien conoció en Finlandia a finales de 1905, tras la fallida revolución de aquel año. A partir de ese momento vivió entre Europa y el Cáucaso, asistiendo a los congresos del partido y organizando huelgas, sabotajes y asaltos a pozos petroleros para financiar la causa. Bien le decía Lenin el simpático georgiano que nos envía dinero.

Parecía que la Ojrana, la policía secreta del zar, era experta en atrapar y deportar a Stalin, mientras que él parecía experto en escapar de Siberia. Por eso en 1913 lo enviaron a Kureika, más allá del círculo polar ártico, de donde no logró huir hasta 1917, cuando todo se tambaleó tras la caída del zar. A partir de ese momento fue un incansable promotor de las ideas de Lenin y de la toma violenta del poder.

Cosas terribles se decían de Stalin; se le achacaban crímenes horribles y sabotajes atroces. Sin embargo, lo cierto es que no parecía en lo absoluto una mala persona o un hombre rudo. En septiembre de 1917 usaba bigote largo y tupido un tanto desarreglado y una melena alborotada; poseía una amplia sonrisa afable y una mirada tranquila.

Nadie que no conociera su leyenda hubiera pensado que él era un guerrillero revolucionario.

Después de un discurso motivador, cosa que definitivamente no se le daba bien, Stalin y Leopold se retiraron a un cuarto aparte. Grande fue mi sorpresa y orgullo cuando escuché a Stalin preguntar:

—¿Este muchacho es de quien me has hablado?

—En efecto, camarada Stalin, él es el camarada Tino.

—Ven con nosotros, hijo —me dijo Stalin mirándome a los ojos—. Quiero saber más de ti… Y de lo que sabes.

Y así estaba yo de pronto, reunido con Iosif Stalin hablando de estrategias geopolíticas para lograr el triunfo de la revolución proletaria a nivel mundial.

—Dime entonces, muchacho, ¿eres fiel a la causa bolchevique?

—Sí, señor.

—¿Y tienes clara cuál es esa causa?

—Tomar el poder en Rusia a como dé lugar, con violencia si es necesario; utilizar los escombros del imperio zarista para crear una nueva patria basada en el poder de los sóviets, y que esta nueva patria sea la punta de lanza para exportar nuestra revolución al mundo entero.

—¿Y cómo se podrá establecer ese nuevo poder, chico?

—Con base en la comprensión de que todo sistema de poder actual, todo gobierno y todo Estado, están basados en la explotación; por lo tanto, están podridos desde los cimientos y no hay reforma posible. El sistema capitalista burgués, bajo el disfraz que sea: monárquico, republicano, e incluso socialista, debe ser destruido por completo para crear algo nuevo.

El camarada Stalin volteó a ver a Leopold y ambos sonrieron con satisfacción. Me sentí orgulloso de mí mismo.

Finalmente estaba en el lugar adecuado para comenzar a construir un mundo mejor. Un mundo de trabajadores libres donde se compartiera el trabajo y la riqueza, donde cada quien aportara a la sociedad según su capacidad, pero cada uno recibiera según su necesidad... El sueño de Marx. Una sociedad sin clases, sin explotación ni miseria, donde el trabajo liberara en vez de esclavizar, y donde cada individuo tuviera todos los medios y las oportunidades para realizarse a sí mismo.

—Y dime, camarada Tino —prosiguió Stalin—, ¿cuáles son los límites éticos y morales a los que debe sujetarse un revolucionario?

—Sólo la revolución, señor. La revolución total, cueste lo que cueste.

—Muy bien camarada... Una cosa más: ¿dónde debe quedar depositada tu lealtad: en la causa o en los líderes, en las ideas o en las personas?

Me quedé dubitativo, pero sabía que debía responder rápido. No pude evitar pensar en Annya y en las reflexiones que compartí con ella. Vivir demasiado en el mundo de las ideas te puede alejar de los individuos; la doctrina puede hacer que no veas la realidad, y la sociedad, que no veas al individuo. Por otro lado, bien había dicho Víctor Hugo, lo que mueve al mundo no son las máquinas sino las ideas. Los comunistas, los bolcheviques específicamente, compartíamos un ideal; eso es lo que nos hacía camaradas: sublimar la idea de la dictadura del proletariado, entendida como el poder compartido de todo el pueblo.

—Creo que lo más importante es el ideal, camarada —respondí un poco temeroso—. Lo que nos hace distintos de los burgueses y del resto de los socialistas es que compartimos un ideal... aunque haya personas especiales, líderes que tienen más capacidad que otros para transmitir el ideal y convertirlo en realidad.

—Muy bien, camarada Tino. Leopold me ha hablado mucho de ti de forma muy elogiosa y me ha contado lo que has investigado. Ahora me gustaría escucharlo de ti.

No podía creerlo. Era el camarada Iosif Stalin en persona el que pedía escuchar el resultado de mis pesquisas, y quizás mis ideas al respecto. Ese hombre llevaba diecisiete años promoviendo la revolución, movilizando obreros en el Cáucaso ruso y en Siberia, organizado huelgas y creando periódicos clandestinos. El hombre que había burlado una docena de veces a la policía secreta del zar, uno de los grandes sostenes económicos de Lenin mediante su sabotaje a industrias y propiedades capitalistas. Ese hombre encarnaba la revolución.

—Tuve la oportunidad de investigar y espiar en los documentos de información de un hombre que se hace llamar John Mann. Es un mercenario imperialista que trabaja para empresarios estadounidenses, probablemente asociados con alemanes. Tiene personalidades, nombres e identificaciones de varios países. Dice que es norteamericano, pero no es posible estar seguros de eso.

—Y no es importante —agregó Stalin.

—En efecto, camarada. No lo es. Al parecer ha estado siguiendo los pasos de los agentes británicos con los que ha trabajado el camarada Leopold. Tiene perfectamente claro que fueron espías británicos los que mataron a Rasputín, de quien no deja claro si es espía o un simple loco, y mucho menos en qué bando jugaba. Insiste en que los británicos no son de fiar y que han estado engañando a Leopold.

Me detuve temeroso. Leopold estaba ahí con nosotros y de pronto no sabía con qué tanta sinceridad podía hablar ante los dos.

—Tranquilo, camarada —me reconfortó Leopold—. Todos somos amigos, estamos en confianza y necesitamos decir las cosas de manera directa. El camarada Stalin sabe que colaboro con agentes británicos; él mismo lo hace. Los capitalistas quieren utilizarnos para alcanzar sus planes, y mientras dejamos que lo crean, nosotros seremos quienes los usaremos a ellos.

—Es obvio que no debemos confiar en los británicos, pero sí podemos utilizarlos, como Lenin utilizó a los alemanes —agregó Stalin.

—Muy bien —continué—. Según entiendo, los británicos quieren asegurar la permanencia de Rusia en la guerra para dividir los esfuerzos bélicos de los alemanes y poder derrotarlos. Quieren que sean los rusos los que se maten contra los alemanes para poder concentrarse contra el Imperio otomano, al que quieren desmembrar por completo para quedarse con el Medio Oriente, por el petróleo de Mesopotamia, según entiendo.

Desplegué los mapas sobre la mesa para explicar mejor. Las cartografías dejaban claro los planes originales que tenían Inglaterra, Francia y Rusia, los tres aliados contra Alemania al comenzar la guerra. El Imperio otomano era incómodo para las tres potencias, por lo que sus sendos representantes habían firmado un acuerdo para desgajarlo y repartirlo una vez que fuera derrotado.

Los británicos y los franceses negociaron a través de sus enviados no oficiales, Mark Sykes por un lado y François Picot por el otro, mientras que el Imperio ruso lo hizo a través de su ministro del exterior, Serguéi Sazonov. Al derrotar a los otomanos, Inglaterra se quedaría con Mesopotamia, toda la cuenca del Tigris y el Éufrates desde el Golfo Pérsico, una zona abundante en petróleo, y la costa de Palestina, mientras que Francia se apoderaría de la provincia de Siria y de toda su costa mediterránea. Rusia conseguiría su añorada salida al mar si se hiciera de Constantinopla y de esa manera dominaría el estrecho del Bósforo, la salida del Mar Negro.

—Sin embargo —añadí—, la cuestión es compleja. Los ingleses han comprometido este reparto con Francia y Rusia, al mismo tiempo que han ofrecido el territorio de Medio Oriente a diversos líderes árabes y también lo han negociado con la banca de los Rothschild para crear un Estado judío. No sé cómo van a repartir lo mismo a tantos grupos diferentes.

—No lo harán —dijo Leopold—. Son ingleses, casi no son humanos: son pérfidos y traidores. Traicionarán a los árabes y quizá también a los judíos. En una de esas también traicionarán a Francia.

—¿Y qué hay de Rusia? —pregunté.

—La Rusia que entró a la guerra dejó de existir —terció Stalin. Inglaterra y Francia ingresaron a la guerra como aliados del imperio del zar, y con esa Rusia firmaron el acuerdo de que ninguno de los tres saldría de la guerra hasta derrotar a los alemanes y a los turcos: ninguno firmaría la paz por separado.

—Por eso Kerensky sigue en la guerra —aventuré—. Ya ha proclamado a su gobierno como el heredero legítimo del zarismo y pretende cumplir sus acuerdos con Inglaterra y Francia, aunque eso cueste la vida de más millones de rusos, para asegurar Constantinopla y la salida al mar de su Rusia.

—Los días de Kerensky están contados, camarada Tino —dijo Leopold—. Lenin no lo ha derrocado aún porque no ha querido… Entre otras cosas porque el camarada

Stalin no le ha proporcionado los medios económicos. Dentro de pocas semanas Kerensky será derrotado y entonces comenzaremos a negociar la paz con Alemania.

—Pero urge negociar esa paz —dije de manera intempestiva—. Yo estuve en el frente de batalla. Fueron pocos meses, pero bastaron para constatar el infierno en que viven nuestros soldados. Millones de rusos mueren inútilmente.

—Millones de rusos morirán —contestó Stalin—, pero no será en vano. Estamos en guerra, camarada Tino, y en la guerra mueren muchas personas. Los capitalistas se declararon esta guerra y nosotros la estamos aprovechando para derrocar a los capitalistas. Mientras ellos se matan entre sí, nosotros acabaremos con su orden mundial. Esta es una revolución, camarada, y toda revolución tiene muertos, los mártires sobre cuya sangre se construirá nuestra utopía.

Nuevamente recordé a mi querida y traicionada Annya. Las ideas acerca del bienestar de las personas… por encima de las personas reales. En ese momento mi mente era un campo de batalla: sacrificar a miles, quizás a millones de personas, para construir un nuevo orden de equidad y justicia… sobre unos cimientos ensangrentados. Pero qué otra alternativa existía. Recordé incluso las profecías del loco Rasputín sobre la sangre derramada de millones de rusos… Pero ahora yo estaba ahí, con Leopold, mi líder, y con el camarada Stalin.

—Rasputín dijo…

—No importa lo que haya dicho ese maldito santo —interrumpió Stalin.

—Todos sabemos que ese monje loco era un espía alemán que malaconsejaba al zar sobre los asuntos de la guerra —añadió Leopold—. Probablemente estuvo detrás de su caída, lo cual, desde luego, debemos agradecérselo. Los británicos lo consideraban una fuerza oscura; eso prueba que trabajaba para los alemanes. Todos creen que al monje lo mataron los nobles, encabezados por el príncipe Yusupov, pero nosotros sabemos que lo asesinaron los británicos. Lo que importa ahora es que el monje ya está muerto.

—Estoy confundido —me atreví a decir, una vez más recordando a Annya—. Rasputín aconsejaba la paz con Alemania para dejar de sangrar al campesinado ruso. Independientemente de cualquier otra cosa, creo que no podemos estar en contra de esa idea. El propio camarada Lenin quiere la paz con Alemania para dejar de sacrificar al proletariado ruso.

—Ahí entramos nosotros —aseveró Leopold—. Si no hemos tomado el poder es para retrasar la paz con Alemania que siente que va ganando esta guerra y obliga a sus aliados turcos a permanecer en los campos de batalla. Mientras los turcos luchan los británicos se apoderan progresivamente de su imperio. Que se queden con la Gran Siria y vean cómo se arreglan con franceses, árabes y judíos, pero a la nueva Rusia comunista le tocará Constantinopla… Estambul, como la llaman los turcos, y, lo más importante, británicos y estadounidenses formarán una gran Armenia que llegue desde el Cáucaso hasta el Mediterráneo. Esa Armenia será parte de la patria soviética, nuestra salida al mediterráneo oriental, y nos asegurará el control del petróleo del Cáucaso.

—¿Quiere decir —pregunté con temor a la respuesta— que si Lenin no ha derrocado a Kerensky es porque somos parte de este juego?

—Todos tenemos que jugar este juego —añadió Stalin—. Yo te pregunté hace unos minutos, camarada Tino, y respondiste de manera afirmativa, cuáles son los límites del revolucionario, y afirmabas que los tenías claros. Y aseveras, como el camarada Lenin, que la revolución proletaria mundial y su triunfo es el único límite, él único parámetro de lo ético y lo moral.

—¿Es decir —volví a preguntar— que al mismo tiempo que Kerensky negocia de manera oficial con los ingleses la continuidad en la guerra, nosotros negociamos lo mismo de manera no oficial? ¿Seguimos en la guerra para obtener beneficios y eso lo negociamos a través de agentes británicos como Oswald Rayner y John Scale?

—Esa es justamente mi parte en este juego —agregó Leopold—. Pero iremos más allá de lo que los británicos creen. Ellos tienen claros sus intereses: derrotar a Alemania y asegurar su posición hegemónica en Europa y en el mundo; seguir siendo el gran imperio. Para eso, además de vencer a los alemanes, necesitan el petróleo del Imperio otomano, pero sin el sultán de por medio. Nosotros también necesitamos petróleo, el del Cáucaso y el del Mar Caspio y salidas al Mediterráneo.

—¿Para eso necesitamos apoyar la Gran Armenia que plantean los británicos y el presidente de Estados Unidos? —inquirí.

—Así es —respondió Leopold—, la Gran Armenia. Y al sur de esa Armenia construiremos el país de los kurdos, en la parte de Siria de la que se pretenden adueñar los franceses. Será fácil ir haciéndonos aliados de los árabes, que ya han sufrido bajo el imperialismo capitalista de los ingleses y que serán engañados una vez más.

—Ahora sabemos que los británicos pretenden seguir la guerra para conquistar todo Medio Oriente —añadió Stalin—. Eso nos hará amigos de los árabes. La revolución mundial es casi una realidad.

—Rasputín habló de cien años de guerra en Medio Oriente —dije receloso.

—No nos interesan los informes secretos que Rasputín disfrazaba de delirios proféticos —respondió Leopold—. El monje ha muerto, tenemos la información, y tras esta guerra capitalista, la nueva Rusia será un imperio soviético que llegará desde el Pacífico hasta el Mediterráneo e incluirá la sagrada Constantinopla.

—Entonces, cuando todo esté asegurado —dijo el camarada Stalin— Lenin cumplirá su palabra con los alemanes y firmaremos la paz. Cuando eso ocurra, los bolcheviques de Alemania tendrán todo listo para tomar el poder. La patria soviética podrá extenderse desde Vladivostok, en el océano Pacífico, hasta Berlín.

Una vez más, Anastasia ocupaba toda mi mente. Yo sentía fervor por la revolución mundial y devoción por Lenin y Stalin, pero de pronto su actitud no me parecía diferente a la de los imperialistas que decían combatir. Ya no hablaban de seres humanos, ya no hablaban del proletario y de su explotación despiadada, sino de inventar países y dominar territorios. De poder. Yo sabía que era necesario tener el poder para establecer un nuevo orden comunista, pero de pronto hasta John Mann se apareció en mi mente.

—John Mann te advirtió que no confiaras en los ingleses, camarada Leopold. Yo sólo obtuve información de los documentos, las fotografías y los mapas que dejó en su habitación del Astoria, pero no sé qué tanto más pueda saber ese hombre. Es evidente que posee muchos datos, que sabe muchas cosas. No sé, yo si creí esa historia que te contó sobre tu padre… Quizás, sólo quizás, realmente quiere advertirte algo.

—No digas sandeces, Tino; John Mann es un espía, un mercenario capitalista que evidentemente defiende intereses capitalistas. No podemos confiar en él… Aunque evidentemente haya conocido a mi padre.

—John Mann, como recordarás, dijo que Rusia y Alemania podrían ser el cimiento de una Europa oriental comunista y que los británicos buscan impedir eso a como dé lugar —respondí—. Lo que quiero decir es que los británicos no son tontos; por algo son el imperio mundial. No creo que debamos subestimarlos.

—Tino —dijo Leopold tratado de relajar los ánimos—. Sabemos que los británicos pretenden destruir y también desmembrar el Imperio austrohúngaro. Eso es de nuestra absoluta conveniencia. Con los Habsburgo derrotados y sin poder, todos nuestros hermanos eslavos que están bajo su poder (eslovenos, eslovacos, serbios, croatas, checos, rutenos y ucranianos) se irán incorporando a la patria soviética. Llegaremos hasta Berlín y hasta Viena.

Mi mente era una tormenta, un océano de confusión. Pero era cierto. Lo nuestro era una revolución. No se podía andar con tiento contra un poder como el de la burguesía imperialista de Europa. Si ellos jugaban sucio, habría que derrotarlos en su juego, aunque para ello tuviéramos que usar sus métodos. La revolución es el único baremo de lo moral.

Me quedó claro que el camarada Stalin tenía una mente estratégica y que su proyecto final era una revolución mundial. Ya lo había anunciado también León Trotsky: la única forma en que podían ganar los comunistas era comprometiendo a todos los proletarios del mundo en un movimiento global. Proletarios del mundo, uníos, había dicho Marx, y eso es lo que se buscaba.

El planeta entero como una patria proletaria de libertad y equidad. La utopía estaba al alcance de nuestras manos. Los capitalistas podían ser derrotados a causa de la propia guerra mundial en la que ellos se habían enredado y en la que, a causa de su irracional ambición, se estaban destruyendo unos a otros. No era momento de flaquear. Mientras ellos se dividían nosotros debíamos unirnos.

—Una cosa más —dijo el camarada Stalin—. Es muy importante el tema de la lealtad.

—Lo entiendo bien —respondí.

—Quizás no —reviró Stalin—. La lealtad es a la causa, al ideal, a la revolución. La lealtad a los líderes debe medirse según su capacidad de expandir la revolución a todo el mundo.

—Estoy de acuerdo.

—Bueno —continuó Stalin—, Lenin encabeza la revolución en Rusia, pero no sabemos si será capaz de encabezar la revolución mundial. Todos estamos unidos con Lenin, y todos somos leales a él, pues de momento es el líder necesario, junto con Trotsky, para tomar el poder en Rusia. Pero Rusia sólo es el comienzo. Llegado el momento, camarada Tino, serás leal a Lenin o a la revolución mundial. Esa es la verdadera pregunta. No tienes que responderla hoy, pero debes pensarla muy bien.

Traición y revolución. Eso fue lo primero que vino a mi mente. ¿Cuál es el límite del revolucionario?, ¿cuál es el baremo moral y ético? En 1776 Adam Smith publicó la Biblia del capitalismo, su famoso libro *La riqueza de las naciones*. En él decía que los gobiernos no deberían intervenir en los procesos económicos; esa era la base de la llamada economía liberal que había empoderado a los burgueses.

Él también se preguntó cuáles eran los límites, y se respondió que la ética y la moral del propio burgués. Bueno, la ética de la burguesía tenía a los poderosos envueltos en una guerra mundial por arrebatarse los recursos del planeta entero. ¿Éramos diferentes los comunistas? Al parecer, llegado el momento, ser leal a la revolución y a la causa proletaria mundial podría implicar ser desleal al camarada Lenin. Por primera vez me pregunté sobre la lealtad a mí mismo.

—No tengo que pensarlo —respondí—. La revolución es la causa, la bandera, el líder y el único límite de lo permitido.

—Muy bien —respondió el camarada Leopold—. Ahora que conocemos el acuerdo secreto entre británicos y franceses para repartirse el mundo árabe, será fácil presionarlos para obtener lo que queremos. Las palabras de Lenin serán proféticas; esta guerra entre capitalistas será el fin de su sistema opresor y el inicio de una nueva era. Kerensky está a punto de aceptar la derrota de Rusia y firmar la paz con Alemania. Ha llegado el momento de tomar el poder.

ANASTASIA

San Petersburgo
Octubre de 1917

La revolución fue anunciada durante semanas y fue planeada a la vista de todos. Triunfó en un solo día y comenzó con fuegos artificiales alumbrando la noche de San Petersburgo. La historia del mundo y del siglo xx dio un giro radical sin que nadie se enterara. Los teatros dieron funciones, los tranvías no dejaron de circular, y nadie en la capital del otrora Imperio ruso notó que la historia acababa de cambiar para siempre.

"¡Todo el poder para los sóviets!", había clamado Lenin al llegar a la estación de San Petersburgo el mes de abril. Pero los sóviets se fueron llenando lentamente de bolcheviques. Ahora tomaba todo el poder para sí mismo y su pequeño grupo, con los sóviets como pretexto. Para muchos fue un acto ilegal; para otros, un acontecimiento heroico; para los bolcheviques, el curso natural de los hechos.

No tendría que haber sido una sorpresa para nadie; en el fondo estoy segura de que no lo fue. Lenin nunca mintió al respecto. Siempre amenazó con que tomaría el poder; los bolcheviques siempre dijeron querer el poder y estar listos ejercerlo. Stalin hizo propaganda anunciando que tomarían el poder, y Trotsky organizó un ejército popular revolucionario frente a los ojos de las demás fuerzas políticas.

Todo fue muy confuso en Rusia. En febrero nadie quería al zar, y una vez caído nadie sabía muy bien qué hacer con el poder, que quedó a la deriva, y nadie se atrevía a tomarlo definitivamente. El gobierno provisional caminaba a tientas y el Sóviet de Petrogrado no tenía el valor de tomar el poder popular que el pueblo le entregaba a gritos. Todas las facciones políticas eran partidarias de discutir y debatir reformas y agendas políticas; sólo los bolcheviques querían realmente tomar el poder. Por eso lo tomaron.

Nadie hubiera apostado por los bolcheviques en abril, cuando incluso ante la triunfal llegada de Lenin eran minoría; nadie hubiera apostado por ellos en julio, cuando tomaron las calles y fueron aplacados por el gobierno. Rusia estaba en guerra contra Alemania y contra sí misma.

Nadie hubiera creído en ellos en agosto, cuando casi se instaura la dictadura militar; ni incluso en septiembre, cuando lograron la mayoría en cada sóviet de Rusia. De pronto tomaron el poder en octubre. Muchos los vituperaron, pero tampoco nadie hizo nada para evitarlo. Alguien tenía que gobernar Rusia y sólo Lenin y sus bolcheviques tenían el valor y la decisión para hacerlo.

Yo vi la Revolución de Octubre desde la primera fila, y en primera clase: desde el Astoria. Las palabras de John Mann no sólo fueron proféticas, sino totalmente exactas. Lenin y los sóviets tomaron el poder en Rusia justo en el momento en que él lo señaló, cuando volvió inesperadamente de su viaje y me descubrió en lo que yo consideraba una traición y que resultó ser parte de sus maquinaciones.

—Eres más brillante y más útil de lo que llegué a sospechar —dijo de manera sorpresiva, sin que yo supiera que había vuelto y que estaba en la habitación.

Ahí se encontraba nuevamente John Mann, recargado tranquilamente en la puerta, vestido con ropas extrañas hechas de muchas telas: parecía un estilo turco o árabe. Tenía la piel mucho más tostada por el sol… Y estaba simplemente ahí, de pie, sonriendo, sin expresar enfado alguno ni sorpresa.

—Me da gusto que sigas aquí —dijo—, que hayas aprovechado el hotel, y que hayas seguido mi consejo.

—¿Cuál consejo? —pregunté bajando la cara con vergüenza.

—Qué disfrutaras tu revolución —dijo en medio de una carcajada—. Y a tu revolucionario, desde luego. Regresé hace un par de días, pero no quise interrumpir su análisis geopolítico del mundo y su reacomodo, por eso me alojé en otra habitación.

Yo estaba paralizada. Realmente no conocía a ese hombre, no sabía si era peligroso ni cómo reaccionaría ante mi evidente deslealtad. No sabía qué decir.

—¿En verdad crees que soy inteligente? —pregunté sin levantar la cara, instintivamente, con una mezcla de vergüenza y miedo, con timidez, turbación, incluso rabia, pero ante todo con confusión.

Yo había traicionado a John Mann después de que salvó mi vida y me sacó de las calles y él estaba ahí como si nada hubiese pasado.

—Claro que lo eres —respondió—. Eres brillante y una buena alumna. El análisis geopolítico del mundo que compartiste con tu camarada Tino fue muy preciso.

Me ruboricé completamente. Sabía todo lo de Tino. Evidentemente todo… No sólo los secretos y la información que compartí con él, sino acerca de nuestra intimidad. Y conocía lo que yo pensé que era una relación cuando fue una burda estrategia suya para obtener información. Una burda estrategia en la que caí estúpidamente.

—Te traicioné —dije simple y llanamente.

—Lo hiciste y no lo hiciste —respondió él—. Te dije que además eres útil. Sí, me traicionaste. Entraste en mi habitación, buscaste por todos lados, encontraste mis cosas, mis mapas, mis informes, y los compartiste con Tino. Y por lo tanto con Leopold y su grupo. Por añadidura, con Stalin y los bolcheviques. Sí, me traicionaste. Pero yo sabía que lo ibas a hacer. No hiciste nada que yo no hubiera planeado estratégicamente.

—Entonces me usaste —dije entonces con una mezcla de enojo y resignación, tratando de fingir algo de indignación.

—Me aproveché de las circunstancias. Necesitaba hacer llegar esa información a Leopold. Que tú la compartieras con Tino, mientras él pensara que se salía con la suya, era la manera más simple de hacerlo. Querida Anastasia, ¿en verdad crees que sería tan descuidado como para dejar mis cosas de mayor importancia en un hueco del piso? ¿Y dejar el piso astillado sin darme cuenta? Por favor, querida, dale un poco de crédito a un hombre que lleva más de dos décadas fungiendo como un profesional de la intriga.

Así fue mi reencuentro con John Mann y mi primer desencuentro con Tino. Me contó de manera escueta que había estado en Constantinopla y en Bagdad velando por los intereses de sus clientes petroleros y siguiendo los pasos de Leopold y los británicos, y por añadidura, los de Stalin. Atando cabos en los planes de alemanes y británicos, y entendiendo los últimos detalles acerca de cómo se llevaría a cabo la revolución en Rusia.

Después de eso se volvió a marchar. Me notificó que se ausentaría todo el mes de septiembre y casi todo octubre para seguir los pasos de Oswald Rayner y John Scale. Iría a Londres, según me dijo, donde estaba terminando de negociarse un reparto del Medio Oriente que haría que se cumpliera la profecía de Rasputín sobre los cien años de guerra en la tierra entre los ríos.

—Conoces la profecía —me dijo entre risas—. Nos vemos el 25 de octubre. Ese día comienza el Segundo Congreso de los Sóviets de toda Rusia. Ese día comienza también la revolución.

Parecía que John Mann hubiera escrito el guión de la historia. Todo el mes de octubre fue de agitación política y social. Más y más soldados volvían del frente de guerra y se unían a los batallones revolucionarios que los bolcheviques creaban a la vista de todos. El 23 de octubre las tropas rebeldes salieron a tomar posiciones en las calles, el gobierno estaba carente de apoyo militar, pues había perdido a Kornilov después de su fallido golpe de Estado, y los cosacos habían sido derrotados por el pueblo, o se habían unido a él.

Era evidente que el gobierno de Kerensky se preparaba para un ataque, y en el Palacio de Invierno había defensores levantando barricadas. El 24 de octubre, en el instituto Smolny, los bolcheviques terminaron de fraguar sus planes para la revolución. Tenía que ser de un solo golpe: tomar el poder antes de que el propio sóviet pudiera enterarse. Tomar el poder y simplemente notificar de ello al Congreso de los Sóviets, que no tendría más opción que legitimar los hechos. Esa noche John Mann regresó nuevamente.

—¡Revolución! ¡Guerra! —entró al cuarto gritando eufórico—. Todo ha salido como buscaban los británicos. Otra revolución a la medida. Otro gobierno que cae en el momento adecuado, otros idealistas que se sienten soberanos. Nuevamente la turba toma el poder pensando que lo hicieron por sí mismos, que no hay nadie detrás de ellos.

Yo no simpatizaba particularmente con los bolcheviques. No confiaba en Lenin, aunque Trotsky me daba muy buena espina. Sus ideas, la sinceridad que se notaba en ellas, su oratoria, su empuje. Era necio como todos los bolcheviques, y como todos ellos, muy intelectual. Pero Trotsky poseía una chispa de vida en su rostro que no tenía Lenin, una pasión que yo no veía en sus otros camaradas.

No simpatizaba con los bolcheviques, pero aprendí a admirar su idealismo y su valor. Alguien tenía que gobernar Rusia y nadie se atrevía; sólo ellos decían abiertamente que sabrían qué hacer con el poder. Alguien tenía que sacar a Rusia de la guerra y sólo ellos hablaban tajantemente de paz. Idealismo y valor. Dos cosas fundamentales para manejar un país que se estaba desmoronando. Dos cosas que al parecer sólo tenían los bolcheviques.

—Tú no conoces Rusia —le dije a John Mann—. No conoces la patria y no conoces a su pueblo. Quizás la democracia funcione, no lo sé, pero no se puede brincar a ella después de siglos de autoritarismo. La idea de Lenin, de un grupo selecto e intelectual que administre el país, no es tan mala. Quizás su revolución sea lo mejor que nos puede pasar.

—Todo revolucionario tiene dueño —respondió John—, lo conozcan o no. Esos dueños nunca tienen interés en la revolución. Los bolcheviques tomarán el poder por la fuerza, y mientras los alemanes pensarán que es obra de ellos para sacar a Rusia de la guerra, los británicos verán cómo cada parte de su plan funcionará a la perfección.

Pasamos la noche del 24 de octubre esperando la revolución, en el ventanal de la habitación del Astoria, con su vista maravillosa al río Nevsky. John parecía entusiasmado, no con la revolución, sino con el hecho de que sus previsiones parecían irrefutables, y de que iba a ser testigo de un gran acontecimiento, uno que él había logrado calcular de manera exacta.

—Hoy todo dejará de ser lo que es —dijo John con la mirada fija—. Todo en San Petersburgo, en Rusia, en el Medio Oriente y en Europa.

—¿Me vas a contar algo? —pregunté apenada, a sabiendas de que no merecía que me contara nada, de que no merecía estar en el Astoria, ni seguir gozando de ningún privilegio con John Mann.

De hecho, no sabía por qué estaba ahí, pues estaba francamente convencida de que ya nada tenía que hacer ahí.

—¿Qué quieres saber?

Guardé silencio unos segundos. No había nada que necesitara saber, nada necesario para sobrevivir. No sabía si quería saber algo de John Mann o de las cosas que hacía; quizás era momento de salir del Astoria y olvidarme de ese misterioso hombre para siempre. Por otro lado, no tenía a dónde ir, y según él decía, estaba por comenzar una revolución. Además, en realidad algo dentro de mi quería saberlo todo: quién era, qué hacía, qué cosas había descubierto, cómo funcionaba el mundo.

—No tengo derecho a que me cuentes nada —dije con vergüenza—. Quiero saberlo todo, pero ni siquiera sé qué es ese todo que quiero conocer.

—Querida Anastasia —respondió John con amabilidad—, tú mereces todo. Como todo ser humano, mereces todo. Sé que sientes que me traicionaste, pero en cierto sentido también es verdad que te usé.

—Quiero saber quién eres.

—Ya he sido demasiadas personas, querida. He tenido demasiados nombres y nacionalidades. En verdad yo mismo no sé quién soy, ni tengo un lugar al que pueda llamar hogar, mucho menos en este mundo que comienza.

—¿Por qué me cuidas?, ¿por qué me tienes aquí contigo sin pedirme nada? Siento que en realidad no he desarrollado un trabajo para ti. No soy una experta en nada, no sé nada en particular. La única otra razón para que un hombre como tú tenga en este lujo a una mujer como yo es... Bueno... ya lo sabes... Y tal vez... bueno, pues quizás yo podría estar dispuesta...

—Eres una mujer hermosa, Anastasia. Si la vida nos encuentra en otro momento, en otro lugar y en otras circunstancias, yo estaré dispuesto. Es más, lo intentaré. Pero por ahora tienes que aprender que tu valor como mujer va mucho más allá de los deleites que puedas ofrecer a un hombre.

—Muy bien. No quieres sexo conmigo, te traicioné, aunque fuera parte de tu plan, y en realidad no hay nada que pueda hacer por ti. ¿Por qué sigo aquí contigo?, por qué me cuidas?

—La vida te quitó todo a temprana edad, Anastasia, y te dejó sin oportunidades. En otro momento de mi vida no me hubiese importado. Te hubiera utilizado; con toda seguridad habría querido tus favores carnales, y si me hubieras traicionado, aunque fuera parte de mi plan, seguramente te habría matado.

—¿Y entonces? —pregunté un tanto extrañada y otro tanto atemorizada—. ¿Qué te pasó?

—La gente cambia, Anastasia. Casi nadie lo cree. La mayoría de las personas se resisten a cambiar, pero cambian. Quizá algún día te cuente la historia de locura y razón que me hizo replantear mi vida.

—¿Qué va a ser de mí?

—Hoy comienza la revolución, Anastasia. Lenin y los bolcheviques tomarán el poder. Firmarán la paz con Alemania pronto. Los soldados volverán del frente, comenzará de nuevo la actividad productiva. Rusia comenzará a reconstruirse, pero bajo un esquema que no le conviene a ninguna de las potencias de Europa. El proyecto económico y social de Lenin no es malo, pero los ingleses no van a dejar que lo lleve a cabo. La revolución termina hoy mismo, pero en poco tiempo comenzará la guerra civil.

—Yo no tengo nada, ni aquí ni en ningún lugar del mundo. Me parece socialmente justa la propuesta de los bolcheviques, pero no quiero vivir una guerra civil ni volver a estar en las calles. Tampoco puedo estar atada a ti.

—Yo te puedo ayudar a salir de Rusia y a llegar a cualquier lugar de Europa occidental. Tienes diez mil libras en una cuenta en Suiza.

No puedo negar que se me iluminó la cara. Eso que decía sonaba simplemente inverosímil. Era una muchacha de diecisiete años, educada como señorita noble, que vivió durante unos pocos años en La Villa de los Zares y de pronto quedó en la miseria. Ya había sido completamente extraño ser rescatada de las calles por John Mann sin nada perverso de por medio. ¿Pero eso?

—No lo merezco. Te traicioné, incluso si era tu idea… Además, me ofreciste cinco mil libras, y la verdad no pensé que eso fuera a ocurrir. Vivir en el Astoria durante todo este tiempo es más de lo que hubiera podido pedir.

—Como ya te señalé, querida Anastasia, eres muy brillante y resultaste muy útil. Lo que yo necesitaba salió a la perfección. Yo sé cuánto te ofrecí, y bueno, te deposité un poco más por las molestias. Afuera de Rusia no tendrás problemas para vivir.

—Pero yo no quisiera dejar mi país. Rusia es mi madre, mi tierra, mi fuente de vida. Los rusos necesitamos de Rusia para vivir.

—Pero Rusia no volverá a ser lo que es y lo que fue, y no sé si tu dinero vaya a valer algo aquí. Tienes tiempo para pensarlo; el resto del año las cosas seguirán en relativo orden y yo estaré aquí durante un tiempo más. Después debo irme. Estoy persiguiendo un destino que va mucho más allá de todo esto que hago hasta ahora.

—Lo pensaré, John… La idea de ver, recorrer y conocer el mundo tampoco suena desagradable. Supongo que habrá algún momento en que Rusia volverá a ser lo que era y podré volver.

—Si hacemos caso a Rasputín, Rusia nunca volverá a ser lo que era, y lo que hoy comienza durará unos setenta y cinco años.

Una vez más el John Mann desconcertante. Tan brillante, tan erudito, tan racional… que de pronto sacaba a colación las profecías de un santo místico asesinado en condiciones misteriosas.

—Tres vuelos de muerte de veinticinco años, fue lo que escribió Rasputín… O lo que dices tú en tus informes que escribió. Ya no sé qué pensar —le dije a John Mann—. Tú mismo no aclaras nada sobre el monje: anotaste que podía ser espía, un simple loco o un místico con visiones proféticas.

—Rasputín será siempre incomprendido, como todos los místicos. En mi opinión, eso es justo lo que es. Será incomprendido y difamado, pero te aseguro que lo que vio del futuro se irá cumpliendo a lo largo de este siglo. Lo siento por ti, que lo atestiguarás mucho más que yo.

—En verdad John, no puedo entender que tú creas en místicos y en sus profecías.

—Yo tampoco lo puedo creer, Anastasia. No puedo creer muchas cosas, y me da tristeza, porque entiendo que en esa falta de fe están mis propios límites. Por eso busco sin encontrar. A mí me cuesta trabajo creer en Rasputín, y yo lo vi sanarme con simples oraciones. Mi necia mente racional se niega a aceptar lo que vio y experimentó. Sólo sé que estoy vivo por un milagro que él operó, y aun así me niego a creer en los milagros.

Medianoche en San Petersburgo. Era una ciudad hermosa con la arquitectura más gloriosa y monumental de Europa, y octubre era uno de sus mejores momentos, con lunas encantadoras y cielos despejados. Vientos fríos provenientes de Finlandia, mezclados con corrientes un tanto más cálidas, llegadas del Báltico, que nos regalaban un grado centígrado: calor ruso.

No podía dejar de contemplar a ese enigma que era John Mann. Se decía mercenario, hablaba de un pasado de intrigas y espionaje, era un experto en revoluciones y en geopolítica, así como en las estrategias utilizadas por los poderosos para repartirse el mundo. Era evidente que una parte de él gustaba de todo eso, pero que algo más profundo buscaba dejarlo para siempre. Conocía los manejos de los poderosos, era evidente que había trabajado en esos manejos, y ahora parecía disfrutar el hecho de descubrirlos.

—Muy bien —le dije—.Quizás algún día me cuentes quién eres. Por ahora cuéntame dónde estuviste, qué averiguaste y qué va a pasar con el mundo.

Volteó a verme con mirada traviesa, como de niño.

—Prometo que no le diré nada… a nadie —dije con voz temblorosa.

John Mann soltó una carcajada.

—No te preocupes —respondió afablemente—. Hay muchas cosas que puedo contarte. Y la noche es larga. El amanecer de este día es el amanecer de la revolución.

Fue así como velamos la revolución toda esa noche mientras él me contaba aventuras que parecían sacadas de historias de acción, precisamente de esas que tienen espías, intrigas, piratas y agentes secretos. Me habló del juego de potencias, de cómo los poderosos del mundo se comportan igual que niños estúpidos y egoístas, dispuestos a matarse y a matar a otros con tal de luchar por recursos que alcanzarían perfectamente si en vez de pelear por ellos se compartieran.

Me explicó cómo la lucha de clases de la que hablaba Marx en el seno de la sociedad también se daba a nivel planetario entre los países, donde también había clases alta, media, baja… y el lumpen, tanto entre individuos como entre naciones, los que sobran, el lado oscuro del progreso, los miserables que son necesarios para que existan los opulentos. En este juego de potencias evidentemente no había lugar arriba para todos; por eso siempre había potencias dominantes y potencias emergentes y en algún momento tendrían que luchar entre ellas por la hegemonía.

España dominó el mundo durante tres siglos desde 1492, me explicó, y los ingleses, aspirantes a potencia, lentamente fueron minando el Imperio español para construir el británico. En ese sentido, según me dijo, todas las independencias de Sudamérica habían sido planeadas en Londres, y la de México, manoseada por Estados Unidos.

Mientras España y Portugal caían, Francia, Holanda e Inglaterra lucharon contra ellos y entre sí por ser los nuevos poderosos. La Revolución industrial, desde luego, hizo esta competencia mucho más intensa, más bélica, más destructiva y mucho más inhumana. Y así, en la segunda mitad del siglo xix había tres grandes potencias mundiales, en orden: Inglaterra, Francia y Rusia, que más o menos habían aceptado ya el *statu quo* mundial.

Sin embargo, en 1871 nació una Alemania unificada, en formato de imperio, bajo el poder conservador de la familia Hohenzollern y con un gran poderío industrial que los hizo nacer como potencia y desplazar de sus posiciones a Inglaterra, Francia y Rusia... Las tres naciones que le declararon la guerra a Alemania, con el asesinato del archiduque de Austria como pretexto.

Pero al mismo tiempo que nacía una poderosa Alemania, Japón se había reformado a sí mismo y entraba a la competencia industrial, al igual que Estados Unidos, una vez que terminó su guerra civil. Todo país que entra en la competencia industrial se enfrenta a la misma situación: necesidad de recursos, y la soluciona de la misma forma: conquistado territorios para establecer colonias. Es decir, robando. Ese era el estado de guerra mundial en el que estaban inmersos los poderosos: ladrones luchando contra ladrones. En ese sentido el capitalismo no era más que la exaltación de la piratería.

Como el juego nunca termina, como la ambición humana es ilimitada, como un hombre con poder sólo busca más poder, el estado de guerra entre todos simplemente es interminable, con el detalle de que la capacidad destructiva aumenta cada generación. Cuando comenzó la Gran Guerra Europea, que se hizo de magnitudes mundiales, ninguno de los involucrados había medido la capacidad de destrucción. Ahora todos necesitaban que esa guerra terminara, pero ninguno quería rendirse.

Además, la guerra, según me explicó John Mann, es un poco como el ajedrez. Al final no la gana el que pega más fuerte sino el que tiene más inteligencia. Es decir, que al mismo tiempo que se intenta tener la mayor capacidad destructiva, se buscan otras estrategias para derrotar al enemigo. Por eso Alemania, que necesitaba sacar a Rusia de la guerra, había apoyado a un comunista como Lenin; por eso Inglaterra engañaba a los árabes para que lucharan de su lado contra el Imperio otomano, y por eso ingleses y estadounidenses se habían vuelto expertos en el arte de generar revoluciones a la medida.

Todo es una interminable competencia por dominar recursos, me explicó John Mann, y como en la guerra todo es permitido, se vale incluso destruir imperios para obtener lo que se desea. Por eso Inglaterra destruyó casi todo el Imperio español, por eso Estados Unidos terminó de destruirlo al inventarse un atentado para declararles la guerra y arrebatarles Cuba, por eso los estadounidenses sembraron una revolución en Panamá en 1903 para hacer un canal transoceánico, por eso sembraron una en México en 1910 apoyando al fanático espiritista Madero, y por eso crearon otra para derrumbar el Imperio chino a través de Sun Yat-sen.

Por eso los alemanes apoyaban al revolucionario mexicano Pancho Villa, para distraer a los estadounidenses, por eso también mandaron a Lenin a Rusia. Por eso los rusos estuvieron detrás de la Mano Negra, la sociedad secreta ultranacionalista que mató al heredero de Austria, para tratar de dominar el territorio eslavo de los Balcanes, y por eso mismo los ingleses enviaron al coronel Edward Lawrence a engatusar a los árabes con la idea de una revolución contra el Imperio otomano, al que quieren destruir para dominar sus pozos petroleros.

—Todo esto es muy triste John, ¿qué podemos hacer los simples mortales contra eso?

—Nada, querida, simplemente nada.

—¿Me estás diciendo que debo permanecer impávida ante esta horrible situación? ¿Me estás diciendo que no puedo hacer nada ante la maldad, la corrupción, la avaricia y la obsesión de dominio de los poderosos? Ahora entiendo más a los revolucionarios.

—Los revolucionarios no revolucionan nada, Anastasia. Quieren cambiar a la sociedad, al sistema, a la economía, a las élites de poder, pero no se quieren cambiar a sí mismos, que son tan humanos como los otros. El derrocador se comporta igual que el derrocado. El revolucionario asume que él está en lo correcto, que él no tiene nada que cambiar, y que deben cambiar los demás, que tiene que cambiar la sociedad. El revolucionario pretende encabezar ese cambio, y que todos los demás deben ser y pensar como ellos. Ese pensamiento está detrás de cada tirano de la historia que, créeme, no se ha sentido tirano.

John Mann sacó un papel de sus legajos y lo extendió ante mí.

```
Toda revolución pretende romper las cade-
nas de la esclavitud, pero una vez rotas,
ya están preparadas otras cadenas... Des-
de los tiempos de las cavernas nada ha
cambiado. Y nada cambiará, porque siempre
se impondrá el más artero, el más astuto
```

y, a menudo, el más corrupto. Y según la
condición del pueblo, llevará el vestido
de la dictadura o de la democracia. Pero
el hombre será siempre esclavo, aunque
tenga la ilusión de ser libre. Un día resurgirá el hombre libre, pero el pueblo
siempre será sometido.

—¿Y esto qué es? —pregunté.

—Otra profecía de Rasputín, una que deja muy claro el triste panorama del siglo xx, no sólo en Rusia sino en el mundo entero.

—¿Y entonces qué hay que hacer? —pregunté con desesperación.

—Cambia tú.

—¿Cómo dices?

—Haz una revolución en ti. Eso es lo que yo intento. No es fácil, por eso nadie lo busca. Pero es la única opción.

—Pero yo sola no puedo hacer nada.

Claro que puedes hacerlo. ¿No te gusta la maldad, la corrupción, la avaricia y la obsesión de dominio? Pues, muy simple: no seas malvada, ni corrupta, ni avariciosa, ni te dejes vencer por la obsesión de dominio. Vencerte a ti misma es la única revolución. Y ningún revolucionario se ha vencido a sí mismo antes de luchar por el poder. Así lo dice Rasputín, y así lo han dicho los místicos de todas las eras: el individuo es la única esperanza; el pueblo siempre será sometido; la masa, religiosa, nacional, comunista o como sea, siempre será sometida. El individuo que se libera de la masa, como el esclavo que sale de la caverna de Platón, es el único que será libre.

—Pero el poder corrompe —le respondí—. Bien lo dijo Thomas Hobbes: el poder corrompe y el poder absoluto corrompe absolutamente.

—Así parece, mi querida Anastasia, pero es completamente al revés. Los corruptos buscan el poder y los que son absolutamente corruptos buscan un poder absoluto.

Guardé silencio. Si lo que John Mann reflexionaba conmigo era cierto, toda la historia de la humanidad era una falacia. Todo era una vil y vulgar historia de ambición y poder, y eso sólo podía ir de mal en peor. Lo del individuo libre tenía sentido, pero qué podía hacer un individuo ante la inercia de la masa.

—Hay una cosa más que puedes hacer por mí —dijo John interrumpiendo mis meditaciones.

—Claro, lo que tú digas. Siento que aún te debo algo.

—Eres libre, querida. No lo hagas por deber. Hazlo únicamente si quieres hacerlo.

—Así será. Haré lo que me digas.

—Necesito que le hagas llegar cierta información a Leopold a través de Tino.

—Es una broma, ¿verdad?

—No lo es. Es importante.

—Pero Tino huyó de aquí después de engañarme durante meses y robarme información y documentos. Me mintió, me usó en todas las formas posibles.

—No lo juzgues tan severamente. Te aseguro que ese muchacho siente algo muy profundo por ti, pero las ideologías tienen la triste posibilidad de imponerse ante el amor.

—¿Y qué hago? ¿Voy a buscarlo? ¿Me presento como si no me hubiera traicionado para decirle que le faltó información que robar?

—Encontraremos la forma de hacérsela. Y terminemos por hoy, pues no tarda en comenzar esta revolución.

No había salido el sol en San Petersburgo, cuando efectivamente ya se escuchaba algún bullicio revolucionario. Era la madrugada del 25 de octubre, antes del amanecer, cuando las diversas brigadas armadas de bolcheviques salieron de su guarida hacia los distintos puntos estratégicos de la ciudad: las estaciones de ferrocarril, la central telefónica, el banco nacional y el principal puente sobre el río Nevsky: las comunicaciones, los transportes y el control del dinero. En eso se les fue todo el día, pero lo hicieron de manera tan minuciosa, discreta y estratégica, que nadie en la ciudad se dio cuenta. John y yo permanecimos todo el día en el Astoria.

Sólo faltaba la sede del poder, el Palacio de Invierno. Fue ahí donde comenzaron los fuegos artificiales. Ahí, anclado en el río, estaba el crucero de guerra *Aurora*, cuyo almirante y tripulación, leales a los bolcheviques, habían rechazado la orden de zarpar rumbo al Báltico a involucrarse en la guerra.

A las 9.45 de la noche, el crucero artillado lanzó un disparo sobre el Palacio de Invierno. No era propiamente un ataque, sino un aviso: era el inicio luminoso de una revolución que llevaba horas de haber comenzado en la oscuridad, la parte visible de una revolución que llevaba semanas gestándose de manera invisible frente a los ojos de todos.

El Palacio de Invierno estaba parapetado y defendido, pero nada podía hacer contra un crucero de guerra, y menos aún contra un ejército bolchevique de obreros, campesinos y soldados, que contaba con más de treinta mil combatientes.

La multitud armada estaba enloquecida; el pueblo tomó el mando y las tropas populares asaltaron el palacio. Decenas de miles de plebeyos entraron a lo que había sido en exclusiva el palacio del zar y la nobleza, construido, desde luego, con el trabajo, el dolor, el sufrimiento y la muerte de esos plebeyos.

Había pocos guardias para defender la sede del gobierno y la mayoría no sabía por qué debía defenderlo. Igual que con el zar, un gobierno que manda a su pueblo a morir al frente de batalla, por los intereses de unos pocos, no es un gobierno que deba ser defendido.

Con muy pocas bajas los bolcheviques tomaron la sede de gobierno y Lenin se alzó triunfante con un discurso breve: "Comienza una nueva era en la historia de Rusia —dijo—. Terminaremos la guerra, aboliremos la propiedad de la tierra. Los trabajadores ejercerán un auténtico control sobre la industria. Larga vida a la revolución socialista mundial".

Al Congreso de los Sóviets, que comenzaba ese día, fueron llegando las noticias, que fueron respaldadas por la mayoría de los representantes bolcheviques. Todo el gobierno provisional había sido arrestado, excepto Kerensky, que huyó como rata en el naufragio. Hubo reclamos, se habló de un golpe de Estado, de una toma ilegal del poder. Para Lenin la situación era clara: la dictadura militar o la dictadura del proletariado. "Las masas nos han otorgado su confianza —dijo ante los sóviets— y no piden palabras, sino hechos."

A la mañana siguiente se concentró una muchedumbre desconcertada frente al Palacio de Invierno, donde sin mucho aspaviento se enteraron de que había un nuevo poder. En pocos meses se había abolido el zarismo y el gobierno aparentemente democrático que surgió después.

Ahora, tras una efímera revolución, Rusia se alzaba como el imperio del pueblo, la patria de los proletarios. Marx había encendido una llama en 1848, una llama que la élite capitalista apagó a lo largo de todo el siglo XIX. En octubre de 1917, Lenin se convirtió en el faro que iluminó las esperanzas proletarias de Europa. Una era acababa de nacer.

KONSTANTIN

San Petersburgo
Noviembre de 1917

En 1789, proletariado y burguesía, aunque con diferencias económicas, eran la misma clase social, los plebeyos oprimidos por la nobleza del sistema monárquico. Ese año los burgueses pusieron las ideas y los proletarios, la revolución. Primero tomaron la Bastilla y pocos años después vieron rodar la cabeza de un rey bajo la guillotina.

A partir de 1815 comenzó la traición de la burguesía. Ellos, los que levantaron en armas al pueblo oprimido y trabajador con promesas de libertad, se unieron a la aristocracia a favor de la restauración de la monarquía. Nobles y burgueses unidos constituyeron la nueva clase alta y se unieron para oprimir juntos al proletario como esclavo de la nueva era industrial. Lo condenaron a vivir para trabajar y trabajar para sobrevivir.

Eso fue lo que denunció Marx en su *Manifiesto* de 1848, que encendió la nueva ola revolucionaria de toda Europa y que en todo el continente fue aplacada por el poder unido de los capitalistas y los monarcas. Todo el llamado progreso comenzó a construirse sobre los cadáveres de los obreros que generaban riqueza y bienestar a los nuevos poderosos. El sueño proletario había muerto.

En 1871, tras la derrota francesa en la guerra franco-prusiana y la caída del tiránico emperador Napoleón III, se encendió nuevamente la flama. Nuestros heroicos camaradas de aquellos días hicieron lo mismo que nosotros: aprovechar la discordia entre los propios capitalistas para hacer triunfar nuestra revolución e instaurar el poder de la clase trabajadora. Ellos fundaron la Comuna de París, que fue aplastada a sangre y fuego por la burguesía, temerosa de perder sus privilegios. Francia se convirtió en una república burguesa y Alemania en un imperio conservador.

Cada revolución socialista ha sido aplastada por el poder contrarrevolucionario de la burguesía, los eternos dueños de los medios de producción, de la riqueza acumulada, de las armas y su industria, e incluso de las ideas, como el nacionalismo, con el que engañan al proletario de cada país para que se mate contra sus hermanos de otros países, siempre protegiendo los intereses de los capitalistas. Un sometimiento material y otro ideológico ha sido la eterna estratagema de los poderosos.

Esta guerra puede significar el fin del sistema opresor que ha usado a las personas como sus principales armas. Rusia se desgastó en la guerra y fue así como el pueblo tomó el poder. Si los capitalistas nos mandan a sus guerras nacionalistas a matarnos por sus intereses, nosotros usaremos sus guerras para hacer triunfar la revolución mundial y el interés de todos los trabajadores del mundo que finalmente serán libres.

Cuando el sueño se había apagado en la Europa que se proclama civilizada, los rusos encendimos una hoguera utópica. Aquí, donde ni Marx lo hubiera soñado, comienza el paraíso de los hombres libres. Quisiera terminar este discurso con las palabras que el camarada Trotsky dirigió a los revolucionarios pusilánimes que siempre buscaron la negociación con el gobierno provisional que representaba a la burguesía. Las palabras de Trotsky que se extenderán por toda Europa y podrán decírsele a todos los burgueses, los socialdemócratas y los temerosos: "Nosotros tomamos el poder cuando todos le temían. Las masas populares siguieron nuestro estandarte y así nuestra revolución ha triunfado. Ahora las demás fuerzas políticas nos piden que renunciemos a nuestra victoria, que hagamos concesiones, que negociemos. Negociar con quién, por qué y ante quién deberíamos de ceder. ¿Con aquellos grupos políticos acabados que nos han abandonado y ahora realizan esta propuesta? Pusilánimes mencheviques y socialistas, nadie en Rusia los respalda ya. No hay acuerdo posible con ustedes. Son unos pobres acabados. Su papel ha terminado. Vayan ahora a donde les corresponde: al basurero de la historia".

Así terminé mi discurso ante más de un centenar de camaradas, leyendo las palabras con las que Trotsky respondió a los delegados del Consejo de los Sóviets que atacaron el asalto del Palacio de Invierno, acusándolo de realizar una toma ilegal del poder. Los bolcheviques siempre hablamos de arrebatar el poder al gobierno provisional y dárselo a los sóviets, y el Sóviet de Petrogrado, constantemente paralizado por el temor, rechazó esa responsabilidad.

Ahora los delegados clamaban a los bolcheviques por compartir el poder que ganaron por la fuerza y con el apoyo del pueblo. Aquellos pusilánimes que tuvieron miedo a la revolución ahora querían compartir el poder con los revolucionarios. Hay una realidad que se aplica incluso a la democracia: nadie toma el poder con la intención de compartirlo. Mucho menos el poder que se ha tomado en una revolución.

Los bolcheviques, que apenas semanas antes habíamos vivido en la clandestinidad, en la persecución del gobierno, y entre acusaciones de los delegados de la izquierda pusilánime, ahora festejábamos victoriosos y en público. Ya no teníamos que reunirnos en buhardillas y bodegones; ahora teníamos plazas, cafés, teatros, casas de la nobleza que salió huyendo el mismo día de la victoria bolchevique.

El grupo de Leopold ya no tenía que congregarse en la inmunda taberna del Gran Oso, pero ahí estábamos todos reunidos, unas semanas después del triunfo de Lenin. El gobierno ya estaba formado, las reformas comenzaban a aplicarse, las tierras se repartían. Vivíamos los primeros días de vida de la primera patria comunista. Todo era una celebración. Ese día de noviembre era particularmente especial para el grupo presidido por Leopold, pues el camarada Stalin nos honraba con su presencia.

Stalin no hablaba mucho. Se limitaba a estar, a asentir con la cabeza, a dirigir alguna mirada elogiosa, y cuando algún discurso realmente lograba entusiasmarlo, sorprendía con algunos aplausos. Era como su bendición. Al final de mi elocución aplaudió de pie al tiempo que me miraba a los ojos. Iba cumplir dieciocho años de edad y sentía que ahora sí estaba cambiando el mundo, y que mi intelectualidad y mi oratoria me ganaban un lugar bajo el brazo protector del camarada Stalin, a quien finalmente le llegó el turno de hablar

—Todo el trabajo práctico relacionado con la organización de la revuelta triunfante —señaló Stalin— fue realizado bajo el mando directo del heroico camarada Trotsky, presidente del Sóviet de Petrogrado. Tiene razón Konstantin, el camarada Tino, en elogiarlo. Se puede decir con certeza que el partido bolchevique tiene una deuda de primera magnitud con el camarada Trotsky, por la forma en que logró convertir a los militares hacia el bando de los sóviets, y por el modo tan eficiente en que organizó al Comité Militar Revolucionario. ¡Larga vida a la revolución comunista mundial!

Todos los concurrentes se levantaron en vítores, aplausos y felicitaciones. Los tarros de vodka y cerveza chocaban. El ambiente estaba pletórico de parabienes y enhorabuenas; todo era celebración y festejo. Los bolcheviques ya tenían un poder absoluto que no compartirían con ninguna otra fuerza política.

Se había formado el nuevo gobierno en el que el poder residía en los trabajadores representados en los sóviets, que a su vez estaban presididos por el Sovnarkom, esto es, el Comité de Comisarios del Pueblo, del que Vladimir Lenin era presidente, y en el cual el camarada Stalin fue nombrado Comisario del Pueblo para las Nacionalidades. Ese nombramiento era la principal causa de aquel festejo.

Yo estaba radiante. Stalin era pieza clave del nuevo gobierno, y él a su vez comenzaba a considerarme pieza clave de su propio grupo. Iosif Stalin tendría el poder tarde o temprano, eso lo tenía muy claro. Recordé a Konstantin Mijailovich, el hombre que me salvó la vida y en cuyo honor seguí usando su nombre. Estaba construyendo un mundo mejor, como le prometí.

En ese tipo de momentos únicamente lamentaba no haber cumplido la promesa de encontrar a su hija. Pero era una promesa imposible. Nunca pudo decirme su nombre ni seña alguna. Me consolaba saber que ahora construía un orden social mejor para todos, incluyendo a la desconoci-da hija de mi salvador.

Mis pensamientos fueron interrumpidos por Vladislav, quien se apareció de pronto frente a mí, llevando sujeta del brazo, para mi absoluta y total sorpresa, a mi querida Annya.

—Camarada Tino —me dijo Vlad—. Llegó hace una media hora. No quise interrumpir tu discurso. Dice que tiene algo importante que decirte.

Mis emociones fueron absolutamente confusas. Annya, mi hermosa y querida Annya. En ese momento pensé que jamás volvería a verla. Sentí una gran vergüenza, pues sabía que la había usado, que no obstante haber pasado con ella interminables noches de pasión, la había traicionado. Todo por la causa. Pero finalmente la había traicionado.

Los meses que pasé con ella cruzaron por mi mente en instantes. Amaba a Annya. Si no lo acepté antes no tenía más opción que aceptarlo ahora. Pero no podía verla a los ojos. Me gustó desde el primer instante en que la vi, la admiré desde que la escuché hablar, y la amé desde que yací con ella por primera vez. Luego la traicioné por órdenes del camarada Leopold y por la revolución. Ahora estaba frente a mí y yo tenía que contener el amor que sentía por ella y que me pedía que me arrojara a sus brazos suplicándole perdón.

—¿Qué haces aquí? —pregunté simple y llanamente.

—Necesitaba verte y hablar contigo.

—No creo que tengamos nada de qué hablar —dije tajante.

Qué difícil era no abalanzarme a sus brazos y besarla.

—Quiero que sepas que celebré el triunfo de tu revolución, Tino. Bien sabes, porque nunca lo oculté, que no simpatizo del todo con los bolcheviques, pero te digo sinceramente que aplaudo su valor, y que sólo alguien con ese valor debería tener el poder en esta pobre Rusia.

La miré de arriba abajo. Ciertamente nunca me mintió; siempre fue intelectualmente honesta conmigo. También había sido víctima de la estúpida y cruel guerra en que nos envolvió el zar. Fue muy franca al mostrarme la información y los documentos de John Mann. Yo sabía la impresión que causaba en ella y me aproveché de la circunstancia, pero no podía negar que también estaba loco por ella… Pero no era bolchevique; ni siquiera era comunista. No teníamos nada en común.

—¿Así que te has convencido de nuestra causa?

—No. Creo que ahora ustedes los bolcheviques tienen que convencer a los rusos de su causa. Tomaron el poder en una revolución cuando nadie se atrevía a tomarlo. Bien por ustedes, bien por ti. Ahora tienen que demostrar por qué ustedes y no otros merecen ese poder. Ojalá lo entiendan. Los rusos no estamos obligados a creer sus ideales y sus promesas, pero sí a aplaudir sus hechos y sus logros. Si la mayoría de los bolcheviques son como tú, confío en el futuro.

No pude evitar sonreír. Ahí estaba la mujer más hermosa y valiente que había visto en mi vida, enalteciéndome.

—Aunque espero que la traición no sea parte común de sus métodos.

Cambié la sonrisa por una mueca, y por una punzada en el estómago. No podía decirle nada. Ella tenía razón.

—Tenía que hacerlo.

—No me expliques nada, Tino; sé que hiciste lo que tenías que hacer. Yo no puedo juzgarte por traición, pues al mismo tiempo yo estaba traicionando al hombre que me salvó la vida. Pero él no es ruso, ni es proletario, ni sabe nada de nosotros. Rusia murió en medio de la guerra y todos quieren repartirse sus cenizas. Sé que los bolcheviques evitarán eso. Y, por cierto, me decías Annya.

Volteé a mi alrededor. En términos generales todo era un ambiente de fiesta. Stalin reía en medio de todos, brindaba con cada camarada, aunque no bebía. Todo era una celebración triunfal. Pero a lo lejos, en medio de ese bullicio, alcancé a ver a Aleshka junto a Leopold, señalando en nuestra dirección.

—Muy bien, Annya, ¿qué haces aquí? No deberías estar aquí. Leopold piensa que eres enemiga de la causa.

—Traigo información para ti, aunque en realidad es precisamente para Leopold. Información de John Mann.

—No nos interesa la información que pueda provenir de Mann. No confiamos en él.

—Y hacen bien; es un jodido espía, doble agente, como dicen en ese ámbito. Trabaja para los estadounidenses, pero al mismo tiempo vende información a franceses y urde estrategias con los alemanes. Es un vil y vulgar mercenario.

—¿Qué estás diciendo? —pregunté sorprendido.

—Lo que ya has escuchado Tino. John Mann volvió finalmente. Estuvo espiando a Leopold en el Cáucaso y en Constantinopla. También estuvo en Bagdad negociando el reparto que se hará de Medio Oriente después de la guerra. Es un sembrador de revoluciones, un instigador... Y además quiso abusar de mí.

—¡Voy a matar a ese hijo de la gran puta!...

Reaccioné sin darme cuenta de lo que estaba diciendo. Era evidente que me hizo hervir la sangre sólo pensar que ese canalla hubiera tratado de abusar sexualmente de Annya.

—Tranquilo, Tino, no podrías hacerlo; es un asesino profesional. Regresó al Astoria pocos días después de que te fuiste y me dijo que todo el lujo en el que había estado viviendo no podía ser gratis, que había llegado el momento de pagarle. Todo eso lo decía mientras trataba de acorralarme y se iba quitando la ropa.

—¿Y qué hiciste?

—Reaccioné. No sé de dónde saqué fuerzas, y supongo que lo tomé completamente desprevenido; estaba medio loco por la excitación. Tomé un candelabro que estaba junto a mí y se lo azoté en la cabeza. Quedó tendido y sangrando, pero estoy segura de que está vivo. Tuve tiempo de tomar el portafolios con el que regresó de su viaje. Y eso es justo lo que te traigo.

Revisé a Annya de pies a cabeza. Estaba tan hermosa como siempre, o más. Traía puesto un vestido fino pero muy sencillo, un poco sucio, con un tirante roto y, efectivamente, con unas salpicaduras de sangre.

En ese momento el camarada Leopold y Aleshka ya habían llegado a donde estábamos nosotros.

—¿Qué está buscado aquí la señorita? —preguntó Aleshka con desprecio.

—Tino, ¿qué está ocurriendo —inquirió con más serenidad Leopold.

—Anastasia llegó a la mitad del discurso de Tino —se adelantó Vladislav—. Tocó a la puerta y yo abrí. Dijo que necesitaba hablar con Tino. La resguardé conmigo hasta que él terminó su discurso.

—Dice que peleó con John Mann… que trató de abusar de ella —respondí yo—. Que lo golpeó y que salió huyendo, pero que antes logró traer eso —dije mientras señalaba la carpeta de piel que Annya tenía entre sus manos.

Leopold se quedó silencioso por un tiempo, como midiendo la situación. Era evidente que le resultaba interesante tener más documentos e información provenientes de John Mann, pero también era evidente que desconfiaba de la situación.

—Camarada Leopold —se adelantó Anastasia—, yo sé que no tiene por qué confiar en mí. Las circunstancias han sido extrañas, pero la historia que Mann les contó aquella vez en la taberna era cierta. Mi madre murió durante el Domingo Sangriento y mi padre durante esta guerra. Cuando conocí a John Mann estaba en la calle, con miedo, hambre y frío. Él me ofreció ayuda y yo la acepté por necesidad. Ahora sé que me ha estado utilizando… y que no es el caballero que pretendía ser. Estuvo ausente durante varios meses, y ahora sé que, entre otras cosas, te estaba siguiendo a ti.

—¿Cómo sé que puedo confiar en ti? ¿Cómo sé que no te envió él?

—No puedes saberlo. Pero estoy segura de que te interesa lo que tengo que decirte y mostrarte. Vine aquí por varias razones, pero principalmente por dos: porque no tengo a donde ir y porque quiero vengarme de ese malparido agente alemán.

Aleshka no dejaba de ver a Annya de arriba abajo una y otra vez. No le agradaba. Menos le agradaba que yo hubiera estado con ella durante algunos meses, incluso aunque lo hubiera hecho mientras buscaba información para Leopold. La camarada bolchevique la odiaba por considerarla enemiga; la muchacha celosa la aborrecía por obvias razones… pero era evidente que la mujer, la mujer a secas, la miraba con algo parecido a la empatía.

—¿Por qué no vemos lo que trae y lo que tiene que decirnos, antes de tomar una decisión? —dijo finalmente Aleshka.

—Gracias —le dijo Annya—. No han sido momentos fáciles.

—Muy bien —dijo Leopold—, veamos qué trae la señorita.

Leopold señaló la puerta de una habitación privada a la que entramos Vladislav, Aleshka, Annya, él y yo. Antes de cerrar la puerta vi cómo intercambiaba miradas con el camarada Stalin, que no tardó en acercarse, sonriente como solía ser.

—¿Y a quién tenemos aquí? —preguntó al llegar con nosotros—. ¿Eres una camarada a quien no conozco?

—No lo soy —se apresuró a responder Annya antes de que Leopold pudiera pronunciar palabra—. No lo soy, camarada Stalin. Pero es un honor conocerlo. No soy bolchevique, pero tampoco soy de algún otro grupo. Yo no estaba interesada en ideas políticas hasta que cayó el zar y Rusia comenzó a convulsionarse. No sé lo que soy, pero sí puedo asegurarle que he leído a Marx más que casi cualquiera de aquí… No más que usted, evidentemente.

Stalin sonrió. Lo cierto era que siempre fue muy sensible al halago, y más si provenía de mujeres hermosas.

—Una mujer joven y hermosa, que no está interesada en política, pero presume conocer la obra Marx, al tiempo que asegura no ser comunista o bolchevique… ¿Se puede saber qué estás haciendo aquí?

—Es una espía —interrumpió Leopold—. Vino a obtener información.

—¿Es cierto eso? —inquirió Stalin.

—Le aseguro que no, pero no culpo a Leopold por pensarlo. En su lugar creería lo mismo. No vine a obtener información sino a ofrecerla. Yo trabajaba con el espía del que Tino obtuvo la información que ha compartido con usted. John Mann. Tino obtuvo la información de mí, acostándose conmigo.

Stalin volteó a verme con una sonrisa de aceptación y complicidad. No supe qué le daba más gusto, que fuera capaz de lo que fuera por obtener información, o que hubiera retozado con una mujer tan hermosa.

—Vamos a sentarnos a y a relajarnos —dijo Stalin—. No creo que una joven de dieciocho años pueda ser una amenaza contrarrevolucionaria.

Mientras hablaba se sentó a la mesa y con un ademán invitó a que Leopold y yo hiciéramos lo mismo.

—Ustedes dos —les dijo a Aleshka y a Vlad—, de cualquier forma, asegúrense de que todo esté en orden. Tomen armas y apoyense en otras dos personas y revisen el exterior.

Me miró nuevamente con una sonrisa, como premiando mi habilidad, tanto de bolchevique como de hombre, y luego se volvió hacia Leopold.

—¿Entonces la conoces, Leopold?

—Sí, camarada. Trabaja para un agente que quizá sea británico, quizás estadounidense, quizás alemán. Nos ha estado siguiendo desde la llegada de Lenin a la estación Finlandia.

—John Mann es todo eso y más —aventuró Annya, con lo cual captó la atención de Stalin.

—Muy bien —dijo tranquilamente el camarada Stalin mientras se dejaba caer en el respaldo—; cuéntame tu historia, muchacha, si te creemos habrás salvado la vida.

—Hay poco que contar —comenzó Annya—. Sí, trabajé para John Mann. Me encontró en las calles en febrero, con frío y hambre, y me ofreció dinero y alojamiento; qué más podía hacer yo, camarada: se llama supervivencia. Es un

agente traidor que trabaja para todos los bandos, ha espia-
do a Leopold y lo ha seguido también a usted. Yo no sabía
nada de él. Ahora sé que colabora con los británicos. En
algún momento le dijo a Leopold que lo traicionarían, y
creo que en eso no miente. Estuvo fuera de San Petersburgo por meses, siguiendo los pasos de ustedes, entre otras
cosas, y negociando con líderes árabes. Volvió hace poco y
trató de violarme. Logré escapar... pero antes logré obtener esta información.

Annya abrió la carpeta de piel que llevaba consigo y extrajo mapas y documentos. De inmediato desplegó una
carta en la mesa frente a Stalin.

Estimado Lord Rothschild:
Tengo el placer de dirigirle, en nombre
de Su Majestad, una declaración de simpa-
tía hacia las aspiraciones del movimiento
sionista de establecer un hogar nacional
para los judíos en las tierras palesti-
nas que hoy pertenecen aun al Imperio
otomano.

El gobierno de Su Majestad ve con buenos ojos el establecimiento de este Estado judío y llevará a cabo sus mejores
esfuerzos para la realización de este
objetivo, en el entendido de que no se
perjudicarán los derechos civiles o religiosos de comunidades no judías.

Agradeceré que ponga esta declaración
bajo conocimiento de la Federación Sionista

Sinceramente suyo, Arthur James Balfour.

El documento tenía el sello de la casa real y la firma autógrafa de Arthur Balfour. Antes de que alguien pudiese reaccionar, Annya extrajo otro documento, una hoja de papel muy simple, sin sello ni firma.

```
Estimado L.R.
Importante preparar plan de migración ju-
día a Palestina. Discreción necesaria con
los árabes por planes de E. T. Lawrence
y Henry McMahon. Acuerdo Sykes Picot sin
Rusia.
A. J. B.
```

—Leopold y usted saben muy bien de lo que hablo, o de lo que dicen entre líneas estos documentos —dijo Annya—. Ustedes han negociado con los ingleses con el propósito de obtener Constantinopla para la Rusia bolchevique, igual que una Armenia con salida al Mediterráneo. Como puede ver, los ingleses han negociado ese territorio con los árabes, a los que traicionarán, y con los sionistas, a quienes dudosamente traicionarían. El otro documento no puede ser más claro: los ingleses se repartirán Medio Oriente con Francia, y han dejado a Rusia fuera de cualquier reparto, incluyendo de la posibilidad de crear la Gran Armenia.

Todos estaban boquiabiertos en medio de un silencio sepulcral. Pasaron varios segundos antes de que Leopold pudiera hablar.

—Tú… ¿cómo sabes todo esto?

—Tú lo sabes, Leopold. Estuve trabajando con John Mann; me ha estado engañando de la misma forma como lo intentó contigo. Según entiendo, sí conoció a tu padre, pero simplemente decidió aprovechar esa circunstancia.

Tengo aquí toda la información que necesitan para corroborar lo que digo. Está la correspondencia entre Henry McMahon y el líder de La Meca, Husayn ibn Alí, así como algunas cartas informales entre el rey Faysal y el coronel Lawrence. En ambos casos queda claro que los ingleses están usando a los árabes para destruir el Imperio otomano, y que al final no les darán nada, pues lo tienen comprometido con los sionistas. La Rusia del zar había formado el acuerdo Sykes Picot, para que mientras Inglaterra y Francia se repartían Medio Oriente, a Rusia le tocara Constantinopla. Está claro que no pretenden cumplir esa promesa a los bolcheviques. A la Rusia liderada por Lenin no le tocará nada.

Annya había captado la atención de todos, así que no dejó de hablar, ni permitió que el silencio diera tiempo de pensar, ni que Stalin o Leopold pudieran decir algo antes de que ella terminara.

—Aquí está el documento original del acuerdo Sykes Picot por el reparto de Medio Oriente, con todo y mapas. Aquí está la declaración de Lord Balfour a Lord Rothschild… Y aquí están, para que Leopold las lea con calma, las cartas en las que Oswald Rayner y John Scale se ponen de acuerdo para matar a Rasputín, con el propósito de evitar la paz con Alemania… Esas ya las conoce. Pero también está la correspondencia que los mismos agentes han intercambiado, en la que hablan acerca de los planes para apoyar la guerra contra los bolcheviques. Los mismos agentes británicos que le venden armas a Leopold están organizando la contrarrevolución en la que se utilizarán dichas armas.

—Es imposible que tú puedas saber todo eso —dijo Leopold, iracundo.

—Yo no lo sé ni tendría cómo saberlo. Estoy robando la información de John Mann. Él es muy astuto al mezclar verdades y mentiras para confundir. A ti, Leopold, siempre te dijo que los británicos te estaban engañando. Eso era verdad. Aquí están las pruebas. Inglaterra y Francia ganarán la guerra a Alemania con el apoyo de Estados Unidos, dejarán a Rusia fuera de todo reparto, y además apoyarán un movimiento en contra de los bolcheviques.

Yo no daba crédito a todo lo que oía. Si antes estaba encandilado con Anastasia, prendado de su belleza y cautivado con su inteligencia, ahora simplemente me sentía muerto de amor por ella. Era hermosa, suspicaz, inteligente, valiente… Y no, no era bolchevique, pero era rusa. Hacía eso por Rusia, según nos dijo, y por vengarse de John Mann.

—Tú me traicionaste, Tino —me dijo directamente mirándome a los ojos—. Fingiste amor por mí únicamente para obtener información. Primero me decepcioné y me llené de rabia, pero ahora te entiendo. No te guardo ningún rencor: estamos a mano. Insisto, podré no ser bolchevique, pero entiendo las causas justas, y ante todo, amo a mi madre Rusia.

Jamás había visto a Anastasia con tanta admiración… Si tan sólo hubiera sido compañera en la causa. Volteé a mi alrededor y vi cómo el camarada Stalin estudiaba minuciosamente los mapas y los documentos: estaba completamente sorprendido, pasmado. Miré a Leopold, quien, por supuesto, también estaba sorprendido, pero de manera diferente. Se podía ver un tanto de ira y de rabia en su rostro. Él, uno de los grandes intelectuales y analistas del círculo cercano de Stalin, se había visto superado por una chica de dieciocho años que ni siquiera pertenecía al partido.

Yo conocía bien a Leopold, podía ver en sus ojos que él sabía que todo aquello era cierto, pero él, experto en urdir y desenmarañar conspiraciones, no había logrado ver el panorama completo de lo que estaba sucediendo. Eso lo superaba. Sí, él sabía que todo era cierto, pero no podía aceptarlo simple y llanamente.

Stalin, convencido de la veracidad de la información, comenzó a tomar medidas inmediatas. Ahora era Comisario del Pueblo para las Nacionalidades, pero desde años atrás había sido un gran propagandista periodístico, razón por la cual estaba involucrado en la dirección de los dos periódicos bajo control bolchevique, *Izvestia* y *Pravda*; además, desde luego, de que en esa circunstancia vio una oportunidad de oro para brillar frente a Vladimir Lenin.

—Leopold, Tino. Es de vital importancia informar de esto al camarada Lenin. Él debe saberlo y tomar decisiones al respecto. Le enviaremos todos estos mapas y estos documentos, con mi recomendación personal de que publiquemos este complot británico cuanto antes en nuestros periódicos. Si nos van a dejar fuera de su jugada, debemos adelantarnos y denunciar ante el mundo, con mucha indignación, los motivos ocultos de los británicos en su guerra contra los otomanos. O logramos presionarlos para que nos den Constantinopla, el Cáucaso y Armenia, o por lo menos los exhibiremos ante aliados, neutrales y enemigos, como los piratas que son. Esta información es dinamita política. *Pravda* debe ser el primer medio informativo que denuncie estos acuerdos Sykes Picot entre Inglaterra y Francia.

Todos en la habitación comenzaron a moverse; todos, excepto Anastasia, que permanecía inmóvil en medio del terremoto político que había provocado.

—Hay que avisar a los camaradas Lenin y Trotsky —gritó Stalin—. Más que nunca, urge negociar la paz con Alemania. Necesitamos a todos los soldados en Rusia y estar listos para una eventual contrarrevolución —volteó a ver a Annya—. Si lo que nos has traído es cierto —le dijo el camarada Stalin—, habrás prestado un gran servicio a la revolución. Si es mentira, serás la primera contrarrevolucionaria en ser oficial y formalmente ejecutada.

Yo no sabía qué hacer. Leopold y Stalin tomaron toda la documentación y se dirigieron a la puerta de la habitación. Yo me quedé adentro a solas con Annya. De pronto Leopold entró de nuevo.

—Esta muchacha es una prisionera del Comité Militar Revolucionario. Una posible traidora y sediciosa; quizá una contrarrevolucionaria con ideas distintas a nuestro proyecto socialista. No tiene derechos, ¿me escuchas bien, Tino? Debe estar resguardada hasta que verifiquemos lo que ha dicho. Puede ser una treta de John Mann.

Y así, de pronto estaba a solas con Anastasia. En el salón grande de al lado seguía la celebración: por el triunfo de la revolución, por haber logrado legitimar todo en el Congreso de los Sóviets, porque el nuevo gobierno comenzaba a funcionar, porque el camarada Stalin era parte fundamental del nuevo Estado socialista, porque se esperaba que pronto terminara la guerra… Y claro, porque la utopía comunista comenzaba a nacer.

Estaba con Anastasia, admirándola más que nunca, recelando un poco, no lo niego, pasmado por su belleza y su valor… Y absolutamente avergonzado. Imaginaba perfectamente la historia dentro de su mente; seguro pensaba que yo la había engañado, que había fingido amor por ella sólo para robarle la información.

Es cierto que quedé prendado de Annya desde el principio, pero si me acerqué a ella fue por recomendación de Leopold, precisamente para vigilar a John Mann y obtener la información que necesitábamos… Lo demás ocurrió por sí solo… Me enamoré, la amé; comencé a admirarla. Pero tenía una misión que cumplir; estábamos en medio de una revolución y no había tiempo para el amor. Recordé lo que me dijo ella: que si los comunistas no sabíamos amar, ojalá nunca tomáramos el poder.

Me avergonzaba mirarla a los ojos. Estaba a solas con la mujer que amaba y en medio de una revolución triunfante de la que me iba convirtiendo en alguien importante. Todo debería ser júbilo, pero ahí estaba yo con la mirada puesta en el suelo. Estaba con Annya, sí, pero en calidad de su celador, de su carcelero.

—Annya… Yo… no sé qué decirte.

—No digas nada. Hiciste y haces lo que consideras correcto. Tienes una causa, unos valores, una revolución y un claro parámetro de lo moral.

No sabía cómo reaccionar. No sabía si aquél era algún tipo de elogio o de reproche.

—Me interesé por ti sinceramente desde el principio —le dije—. De verdad, lo siento. No fueron falsas las noches que pasamos juntos; no fue mentira decirte que te amo… Pero tenía que cumplir una misión. No podía ser egoísta y pensar sólo en mí. Estaba la causa de por medio. No quise traicionarte.

—Yo en tu lugar hubiera hecho lo mismo.

Me quedé en silencio. Sabía que Leopold no había tomado nada bien que una niña con apariencia de aristócrata lo hubiera superado frente al camarada Stalin, quien no volvería a estar entre nosotros durante algunos meses, y estaba seguro de que Leopold no iba a superar ese rencor. Su libertad no dependía de que la información fuera verdadera o falsa… No podía dejar a Anastasia ahí.

Recordé al hombre que me salvó la vida en el frente oriental, en Riga. Tenía que hacer lo correcto. Saqué una pistola.

—¿Me vas a ejecutar aquí mismo?

Disparé hacia el techo y le arrojé la pistola a las manos.

—Te dejaré ir —le dije.

—Sabrán que lo hiciste.

—No me importa. Esto es lo correcto. Vlad no te revisó al llegar. Algo inventaré. Diré que traías esa arma y que escapaste.

Se acercó hacia mí con una mirada llena de ternura.

—Eres un buen hombre, Tino. No dejes que te devore el alma la revolución.

Me dio dos besos, uno en cada mejilla, y un tercero en la boca.

—Así besamos en Rusia, ¿recuerdas?

Me quedé ruborizado y en silencio mientras ella se acercaba a la puerta trasera del privado en el que se llevó a cabo toda esa reunión. Se detuvo en la puerta.

—Me recuerdas a mi padre. Hay psicólogos que dicen que amamos a los hombres que nos recuerdan a nuestros padres. Hasta tienes el mismo nombre.

—¿Cómo dices?

—Escuché que el camarada Stalin te llamaba Konstantin. De ahí viene Tino, ¿cierto?, de Konstantin…

—Lo uso en honor de un buen hombre, uno que salvó mi vida en la guerra.

—Haces bien en usarlo. Tú también eres un buen hombre. Nunca olvides eso: eres un buen hombre. Nunca te olvidaré, querido Konstantin.

ANASTASIA

Camino a Suiza
Marzo-abril de 1918

Dejé Rusia junto con John Mann, quien, como prometió, me ayudaría a llegar a Suiza. No es fácil moverse en tiempos de guerra. Afortunadamente, mi guía era un experto en el arte de sobrevivir y sus múltiples identidades e identificaciones nos ayudaban a transitar por diversos lugares.

Era fundamental dejar Rusia, donde de pronto cada individuo tenía más posibilidades de morir que de vivir. Las revoluciones siempre comienzan con su versión más radical, me había dicho John, y eso era cierto. Los bolcheviques habían comenzado sus políticas de abolición de la propiedad, que en general tuvieron que instrumentarse por la fuerza, y fieles al estilo del zar, habían creado su propia policía secreta, la Checa, que simplemente asesinaba a todo aquel que fuera señalado como contrarrevolucionario.

Los alemanes mataban a los rusos y asediaban el territorio; los bolcheviques asesinaban a los que pensaban diferente, socialistas incluidos, y a los que habían cometido el delito social de nacer en la riqueza. Rusia se vació de nobles, como había profetizado Rasputín, pero, peor aún, también se vació de nobleza, ese hermoso sentimiento humano que nos impulsa a ser la mejor versión de nosotros mismos.

Por si fuera poco (palabras de profeta, o de espía, de John Mann), lentamente comenzaba a germinar una guerra civil en la que los rusos se mataban entre sí. Trotsky comenzó a crear y a organizar un impresionante ejército rojo de millones de trabajadores simpatizantes con de causa, mientras que del otro lado empezó a formarse el llamado Ejército Blanco.

Ahí estaban todos, desde mencheviques y socialistas resentidos, pasando por todo tipo de demócratas, hasta llegar a los monárquicos que buscaban restablecer al zar en sus fueros. Todos apoyados por potencias extranjeras, como Inglaterra y Alemania, quienes, sin abandonar la guerra entre sí, se organizaban juntos contra el régimen de Lenin. Comprendí la podredumbre de la guerra.

—No comprendo a Suiza —le dije un día a John Mann—. Se proclama neutral en cualquier guerra, pero ¿por qué los diversos bandos respetan eso? ¿Por qué no invaden un territorio estratégico del centro de Europa, en medio de varios países, que además es bélicamente vulnerable?

—Querida Anastasia, es muy simple. Por más que en cada guerra se pretenda que hay buenos y malos, y por lo tanto algún tipo de justicia inherente a las guerras, lo cierto es que éstas son un simpe acto de piratería, de robo y saqueo, de lucha entre muchos por repartirse lo que no es de ellos. Y todos los bandos, todos ladrones, tienen sus fortunas mal habidas en Rusia. No importa quién pierda la guerra. Los poderosos siempre ganan y Suiza es la caja fuerte donde tienen resguardada su fortuna. Todos necesitan respetar esa neutralidad.

Íbamos a Suiza, pero no era sencillo llegar. Los alemanes dominaban el Mar Báltico y estaban por asediar San Petersburgo, y territorialmente mantenían invadido todo el territorio entre Berlín y Rusia. Nada de eso parecía preocupar a John, quien simplemente aseguró que los ríos serían nuestra salvación y nuestro camino. Así fue.

De hecho, así comenzó la historia de Rusia, alrededor del siglo VIII, cuando los vikingos de Suecia y el Mar Báltico mantenían comercio con el Imperio bizantino, para lo cual utilizaban una serie de ríos que permitían llegar hasta el Mar Negro. Las primeras ciudades de lo que hoy es Rusia fueron asentamientos comerciales que surgieron en torno de esas rutas de navegación fluvial dominadas por los vikingos.

Los vikingos fueron, de hecho, los primeros gobernantes de los rusos, pues ellos ejercían el control sobre los diversos pueblos eslavos que habitaban esos territorios. Desde el río Nevsky que llegaba a San Petersburgo, pasando por el Volga y sus ramificaciones que atravesaban el continente, hasta los ríos Dniéper y Don que llegaban al Mar Negro, ese fue el germen de Rusia, y un vikingo mítico, Riurik, su primer gobernante.

John y yo huimos por tierra de San Petersburgo y nos embarcamos por el río Dniéper hasta el Mar Negro, y de ahí nos dirigimos al estrecho del Bósforo, dominado por la eterna Constantinopla; buscamos llegar al Mediterráneo y otear el mar hasta Venecia, donde habría que emprender camino a Suiza. Todo eso en un destartalado barco de pescadores que jamás pensé que pudiera mantenerse a flote.

Navegamos un mes, de marzo a abril, de que los rusos firmaron la paz con Alemania, hasta que los primeros ejércitos estadounidenses comenzaron a llegar a Europa. Rusia estaba aniquilada, y el Imperio otomano daba los últimos zarpazos de una fiera herida de muerte. Afortunadamente, las batallas se llevaban a cabo en tierra, en la zona de los árabes: la guerra en las aguas casi había terminado y fue relativamente sencillo viajar por el mar, en algunas zonas como alemanes, en otras como ingleses, y casi todo el tiempo como estadounidenses.

—Finalmente Trotsky firmó la paz con los alemanes —comenté en cierta ocasión.

—Pero se tardó demasiado en hacerlo. Los bolcheviques desempeñaron un juego muy peligroso y lo perdieron.

—Termina de explicarme esa parte —le pedí a John.

—Lenin llegó en abril con apoyo alemán, con armas y diez millones de marcos en oro. En octubre, en el asalto al Palacio de Invierno, había decenas de miles de bolcheviques armados. En un país que ya no producía nada, y que enviaba sus pocas armas al frente, ¿de dónde sacaron tanto armamento los seguidores de Lenin?

—De los alemanes, supongo.

—Así es. Lenin llegó en abril y tuvo que haber firmado la paz con Alemania cuanto antes; quizás así hubiera logrado mejores condiciones.

—Pero no podía firmar la paz hasta tomar el poder —protesté.

—Lenin tenía todo para tomar el poder desde julio, pero entró al juego y perdió. Quiso retrasar la toma del poder para no compartirlo con otras fuerzas políticas, y como ya sabes muy bien, para hacerle juego a los británicos, hablando de paz mientras prolongaba la guerra, para ver si obtenía algo en el reparto del mundo. Para cuando mandó a Trotsky a negociar la paz, en diciembre, los alemanes estaban a las puertas de San Petersburgo y a pocos cientos de kilómetros de Moscú. Ya no era una paz negociada, sino una paz forzosa.

—Por eso Trotsky no aceptó las condiciones alemanas en diciembre. Fue a la ciudad polaca de Brest Litovsk a firmar la paz, pero lo que los alemanes pedían era inaceptable.

—Bueno —dijo John—, en diciembre los alemanes exigieron la entrega de Finlandia, Estonia, Letonia, Lituania y Polonia para firmar la paz... Y eso es justamente lo que terminó por aceptar Trotsky cuando firmó, en marzo. Era eso, o seguir en la guerra y arriesgar el triunfo de la revolución.

—Y ahora confían en que los movimientos bolcheviques de Alemania, Polonia y otros países hagan triunfar la revolución por Europa Oriental para recuperarse de esa pérdida.

—En eso confían, pero no pasará. El poder de la burguesía capitalista es mucho más fuerte en esos lugares que en Rusia. Aplastarán la revolución a como dé lugar.

Manteníamos pláticas todos los días, maravillosas tertulias de altamar en las que John me explicaba cómo funcionaba el mundo, mientras narraba episodios de su vida, que era fantástica o muy fantasiosa. John Mann no dejaba de ser un enigma para mí. Tenía cuarenta años, era fuerte como un roble, y a pesar de ser un espía, todo su rostro reflejaba una paz imposible de imaginar en alguien de ese tipo.

Pasábamos mucho tiempo conversando, pero lo cierto que la mayor parte del viaje la pasaba en absoluto y total silencio, en la proa, con los ojos cerrados o con la mirada perdida en el horizonte. Horas interminables de estar consigo mismo.

—¿Qué te pasó —le pregunté llanamente un día.

—¿A qué te refieres?

—Eres una buena persona. No pareces ser lo que alguien esperaría de ti, que has confesado ser todo lo que eres. Una vez incluso me dijiste que en otra época sí me hubieras exigido favores sexuales, y ante la traición me habrías matado.

—La gente cambia —dijo John con una sonrisa.

—La experiencia me dice que no. El mundo nunca ha cambiado: los países siguen igual, las guerras siguen igual, los pueblos siguen igual. Nada cambia.

—Me corrijo… Los individuos cambian. A veces, si quieren, si ya se hartaron de ser lo que son, si ya se cansaron del sufrimiento… entonces cambian. Un día resurgirá el hombre libre, dijo Rasputín, pero los hombres siempre serán sometidos.

—No termino de comprender.

—Las masas no tienen esperanza, Anastasia; las masas son amorfas y dementes. En las masas se pierde el individuo, y todo el mundo se dedica a ser la inercia de su pasado, a continuar siendo lo mismo, a repetir ideas, patrones, condicionamientos, traumas y complejos. Todos en la masa quieren que las cosas cambien, pero ninguno dentro de esa masa quiere cambiar.

—Lo que ya me has dicho. ¿No puedes cambiar al mundo ni a los demás?

—Cambiarse a uno mismo es la única revolución, querida Anastasia. En eso reside nuestra libertad: en que cada día, cada instante de hecho, podemos elegir quiénes somos y quiénes queremos ser. En ese sentido eres creador de ti mismo, con tus pensamientos, tus palabras y tus actos; pero nadie es, ni quiere ser, consciente de eso. Por eso nada cambia afuera. Yo llevo algún tiempo intentando cambiar por dentro.

—¿Y lo logras?

—Es una batalla que nunca termina. Esa es la única revolución permanente, y no el estado de guerra perpetua entre clases sociales del que habla el camarada Trotsky.

—¿Algún día me contarás?

—Quizás —dijo él antes de volver a hundirse en horas de silencio.

Navegando atravesamos los estrechos del Bósforo, dominados por la eterna y sagrada Constantinopla. En el año 324 el emperador Constantino el Grande, último en gobernar un Imperio romano unido, decidió edificar una nueva capital en la ya entonces antigua ciudad griega de Bizancio. Construyó caminos, acueductos, plazas, palacios, circos y templos, y rebautizó esa urbe en honor de sí mismo: Constantinópolis, la ciudad de Constantino.

A lo largo del siglo v los pueblos germanos del norte de Europa, los llamados bárbaros, terminaron de destruir el decadente Imperio Romano de Occidente, hasta que finalmente tomaron Roma. El imperio cayó en Occidente, pero en el Oriente siguió existiendo durante mil años más, con capital en Constantinopla, conocida como la Segunda Roma, sede de un imperio que se denominaba romano, que era habitado por muchos pueblos, con predominio de la etnia, la lengua, la filosofía y la cultura griegas, y resguardo de la Iglesia ortodoxa.

Desde el siglo vii en que se dio el nacimiento y la gran expansión del islam, los árabes, llenos de esa fuerza que da el fervor religioso, comenzaron a construir un gran imperio y una esplendorosa civilización, pues siempre tuvieron en sus sueños conquistar Constantinopla. La ciudad finalmente cayó, pero no en manos de los árabes, sino de los turcos, tribus provenientes del Asia Central que se habían convertido al islam y lentamente destruyeron el Imperio bizantino.

En 1453, el sultán turco Mehmet II, conocido desde entonces como el Conquistador, logró derribar las milenarias murallas de Constantinopla y tomar la ciudad. El Imperio Romano de Oriente, o Bizantino, dejó de existir, y ahí mismo nació el imperio de los turcos, el otomano, que sobrevivió cinco siglos y ahora estaba agonizando ante en asedio de los ingleses.

El último emperador bizantino, Constantino XI, murió defendiendo las murallas de la ciudad ante el embate turco, pero su sobrina y única descendiente con vida, Sofía Paleólogo, se casó con Iván III, conocido como el Grande, príncipe de Moscovia, quien se proclamó heredero de la tradición romana, comenzó a utilizar el águila bicéfala de Roma como su símbolo, declaró a Moscú como la Tercera Roma y se nombró salvador de la cristiandad ortodoxa, por lo cual se dio el título de un emperador romano: Tsar.

Eso pretendieron ser siempre los Romanov, que comenzaron a gobernar Rusia desde 1613: herederos del Imperio romano. Al igual que los otomanos, entraron a la guerra y su imperio no sobrevivió.

Navegábamos por el Egeo a principios de abril. Entonces comprendí que el mundo en el que nací había dejado de existir para siempre.

—Nunca entendí la razón de lo último que me pediste hacer —le dije a John Mann.

—¿A qué te refieres?

—Al hecho de haber entregado deliberadamente toda la información a Tino y a Leopold, fingiendo que había huido de ti. Conocían gran parte de esos datos. Yo sólo les corroboré, con documentos y mapas, que en efecto Inglaterra y

Francia se repartían Medio Oriente, que traicionarían a los árabes para apoyar a la causa sionista, y que dejarían a Rusia fuera de todo reparto. ¿Para qué sirvió todo eso?

—Fue la cosa más útil que pudiste hacer por mí —respondió John.

—Por favor, explícame.

—Es muy sencillo. Era necesario denunciar mundial y públicamente lo que estaba ocurriendo, para que Estados Unidos pudiera reclamar a sus socios y presionarlos con el objetivo de obtener algo... incluso de entrar a la guerra para asegurar parte del botín.

—¡Usaste a los bolcheviques para eso!

—Así es, querida, Anastasia. Y tú fuiste absolutamente útil. Tú le entregaste toda esa información a Leopold y a Stalin. ¿Sabes qué fue lo primero que hizo Stalin? Publicar todo en los periódicos rusos bajo control bolchevique. Durante noviembre Lenin hizo un escándalo en *Izvestia* y *Pravda*, que no han dejado de acusar desde entonces a los ingleses de ser unos piratas. ¡Gran novedad! Como resultado de lo anterior, el diario inglés *Manchester Guardian* también hizo un reportaje denunciado que la guerra no era por la justicia, sino por el robo. A partir de ahí, periódicos de toda Europa y de Estados Unidos no han dejado de publicar y denunciar ese acuerdo secreto.

—¿Entonces el acuerdo se cancelará?

—Claro que no —dijo John en medio de grandes risas. Pero ahora el gobierno de Estados Unidos, cuyos soldados comienzan a llegar a Europa para precipitar el fin de la guerra, podrá presionar a sus aliados a favor de sus propios empresarios petroleros y se asegurará un lugar en el reparto del mundo.

—¡Y tú participaste en todo esto! —exclamé con un tono de indignación.

—Y tú también lo hiciste, querida. No me veas así: alguien se iba a robar ese petróleo, poco importa quién lo hiciera. Ésta, como todas, es una guerra entre piratas y ladrones. Y, créeme, poco importa quién sea el delincuente que gane. Es como en la democracia. Yo necesitaba dinero y documentos de identidad estadounidenses. Y esa fue una gran oportunidad para obtenerlos.

—¿Entonces no eres estadounidense?

—No lo soy.

—¿De dónde eres?

—Nací alemán, si esa información te sirve de algo. He sido francés, español, estadounidense… Y cuando ha llegado a ser necesario, noble británico. Hoy no me considero nada. No hay país digno para mí sobre esta tierra.

—¿Me vas a contar más acerca de tu pasado?

—Pocas cosas, querida; no tiene caso. Ese pasado ya no existe. Nací de alemán aristócrata y de madre española. Me preparé como diplomático y como espía. Me entrené durante muchos años para conseguirlo; aprendí historia, geopolítica, manejo de armas y formas de ataque. Incluso, jugar ajedrez era parte de mi entrenamiento. Como Alemania era una potencia naciente, debía superar a las potencias dominantes y a las otras emergentes. Yo me dediqué a entender las estrategias de Estados Unidos: crear revoluciones. Estuve en Estados Unidos, en Centroamérica, en Cuba, en México y en casi toda Europa. Ahora también en Rusia, en Constantinopla y en Bagdad… Ya me cansé.

En ese momento fui yo la que enmudeció, con la mirada perdida en el horizonte, tratando de sumergirme en mí misma.

—¿Alguna vez has amado? —le pregunté otro día.

—Una vez, en París, y tuve miedo.

No pude evitar precipitarme hacia John Mann. Primero se quedó inmóvil; evidentemente lo tomé desprevenido. Después respondió a mis besos y mis caricias. Lo besé profundamente, con toda mi inexperta juventud que sólo había conocido a Tino, y él finalmente se dejó caer sobre mí, con toda su experiencia, su virilidad, su habilidad y su fortaleza. Hicimos una marejada aquel atardecer.

Al día siguiente vislumbramos Venecia a lo lejos. Ese lugar es un milagro. Simplemente no puedo comprender cómo fueron capaces de construir una ciudad sobre el mar, entre canales, con pilotes que se hunden en el océano, y todo eso desde hace muchos siglos.

—¿Qué piensas hacer —le pregunté a John.

—Si hay paz en Venecia, me quedaré unos días. Espero que me acompañes. Luego, dejarte sana y salva en Suiza, donde no tendrás un solo problema.

—¿Y después? ¿Qué piensas hacer contigo, con tu vida, con tu revolución?

—No lo sé. Primero quiero ir a ver qué queda de Alemania y qué pasa con ella. Posteriormente quiero hacer un viaje. Un viaje a mi interior, desde luego, pero mientras recorro Asia. No conozco esa inmensa parte del mundo, y algo en lo profundo de mi ser me dice que debo ir ahí. No lo sé, Persia, India, China… La vida me lo irá diciendo.

—¿Volveré a saber de ti?

John Mann me miró a los ojos por un tiempo que se me hizo eterno. Sonrió.

—Estoy seguro de que sí. No sé cómo, no sé cuándo y no sé dónde, pero algo me dice que sí, probablemente te veré varias veces. Algo me une a ti, Anastasia. Lo supe desde que te vi en La Villa de los Zares y después en las calles. Fue como si te conociera de otras vidas.

—¿Tú crees en eso?

Ya lo averiguaré. Hoy no sé absolutamente nada de lo que creo y eso me resulta fascinante. Estoy a la mitad de mi vida y no soy nadie. Tengo todo para reinventarme y todo por delante para descubrir. Igual que tú. No lo olvides: tú eliges quién eres; lo eliges a cada instante. Elige bien, elige lo que te haga feliz.

KONSTANTIN

Ekaterimburgo
Julio de 1918

En medio de la inmensa nada siberiana tomé la primera decisión de la que hoy sé que me arrepiento. Dejé que la guerra y sus vicisitudes me llenaran de un odio que no me pertenecía. Odié, justo lo que mi salvador me dijo que no hiciera. No puedes construir un mundo mejor con base en el odio. Yo lo intenté gran parte de mi vida. Nunca elegí quién ser; al contrario, inconscientemente dejé que la vida tomara esas decisiones por mí.

La guerra civil había comenzado, como siempre amenazó John Mann que ocurriría, encauzada por los malditos británicos. Todos nos traicionaron: los alemanes le arrebataron a Lenin el territorio occidental de Rusia a cambio de la paz; los británicos organizaron y patrocinaron un ejército blanco contra los bolcheviques; gran parte de los mencheviques, entre otros grupos socialistas, inconformes con la toma de poder bolchevique, se unieron a ese ejército, y, desde luego, los malditos monárquicos.

Al mismo tiempo, rincones del Imperio ruso como Ucrania, Estonia, Crimea y los pueblos del Cáucaso, regiones como Georgia y Azerbaiyán, y hasta sitios recónditos como la Siberia interior, comenzaron a proclamarse independientes, tanto del caído imperio como de cualquier régimen que quedase en su lugar. Todo ello, desde luego, con ayuda de británicos, alemanes, estadounidenses y hasta chinos. La recién nacida patria proletaria podía caer en cualquier momento.

Tres estrategias planearon en conjunto Lenin, Trotsky y Stalin. Por un lado, promover la revolución en Europa, en Ucrania, en Polonia, en Hungría, en Austria y en Alemania. Ayudar a los obreros de esos países a aprovechar la debilidad que la guerra les había causado a los capitalistas, y empoderarse. Por otro lado, recorrer Asia imponiendo la revolución y manteniendo el territorio de lo que alguna vez fue el imperio del zar. Y lo más importante: matar al zar y a toda su familia para evitar cualquier restauración monárquica.

En marzo de 1917, Su Sagrada Majestad, el zar y autócrata de todas las Rusias, había pasado a ser el ciudadano Nicolás Romanov. Así se dirigían a él los guardias que lo mantuvieron en arresto domiciliario en un palacio cercano a San Petersburgo, junto a su esposa, sus hijas y su heredero. El zar había abdicado sin oponer resistencia y el gobierno provisional pretendía corresponder a ese gesto respetando su vida. Todo se complicó cuando los británicos, traidores por donde sea que se les vea, negaron el asilo político a la familia imperial.

Conforme los ánimos revolucionarios se caldearon en San Petersburgo, el gobierno de Kerensky decidió enviar a la familia Romanov a algún punto lejano, en la Siberia interior, para proteger su vida. No era un secreto que los bolcheviques y otros grupos querían asesinarlo. Fue así como el zar y los suyos llegaron al pueblo de Tobolsk, donde se establecieron en la mansión del gobernador y vivieron con relativas comodidades.

Eso terminó cuando los bolcheviques tomaron al poder y a la familia imperial comenzó a racionársele hasta el café. Era una venganza: que vivieran las privaciones que el pueblo ruso vivió bajo su mandato. Se les obligó a sembrar, a cortar leña y a comer poco y frío. Cuentan que soportaron aquello con estoicismo.

En mayo de 1918 las fuerzas de los rebeldes blancos se extendían por toda Siberia y la llamada Legión Checoslovaca tenía como principal misión rescatar al zar. Entonces, por orden de Lenin fue llevado a la ciudad que Catalina la Grande fundó en su honor: Ekaterimburgo, la ciudad de Ekaterina, al norte y de difícil acceso para los enemigos.

La región estaba bajo control del Sóviet de los Urales. Yo me había sumado al ejército rojo de Trotsky, que logró reunir a cinco millones de hombres y combatía precisamente en aquella zona. Cuando el comandante Yakov Yurovsky solicitó voluntarios para una misión especial en Ekaterimburgo, no dudé en ofrecerme, sin saber incluso de qué se trataba. Todo por la revolución.

Era la noche del 17 de julio de 1918 cuando llegamos a la casa Ipátiev, donde la familia imperial estaba prisionera. Ahí se encontraban el zar y la zarina, su hijo Alekséi, y sus cuatro hijas, las grandes duquesas Olga, Tatiana, María y Anastasia, acompañados por algunos seguidores leales. La misión especial consistía en perpetrar un asesinato a sangre fría.

El propio comandante Yurovsky disparó al zar y a su heredero. Sin meditarlo, sin mirarlos a la cara, lleno de odio. Luego volteó hacia nosotros y dio la orden de ejecutar al resto de la familia. Algo en mi interior sabía que eso no era correcto. El zar y su hijo quizá debía de morir: Nicolás había mandado a la muerte a millones de rusos, y su hijo constituía la amenaza de la continuidad… Pero su esposa y sus hijas eran inocentes. Me atreví a externarlo.

—¿Podríamos perdonar a los inocentes? Quiero decir, sólo debríamos arrestarlos.

Algunos compañeros parecían pensar igual que yo. Una cosa era la revolución y otra el asesinato artero. Yakov Yurovsky me dirigió una mirada terrible.

—El que no cumpla sus órdenes será ejecutado inmediatamente por contrarrevolucionario.

Les disparamos a todos. Uno a uno asesinamos a la servidumbre, al médico de cabecera, a la zarina… y a las hijas del zar. Así murieron Olga, Tatiana, María y Anastasia…

Anastasia. No pude evitar pensar, con una lágrima, en mi querida Annya. Lo último que me dijo fue que yo era un buen hombre, y que nunca olvidara eso. Ahí, en medio de Siberia y de una terrible guerra civil, lo olvidé por primera vez.

BERLÍN

9 de noviembre de 1989

1

Se acercaba la medianoche y los berlineses no se cansaban de bailar sobre el muro. La música, la cerveza, la fiesta, los abrazos entre desconocidos, continuaban. Las garitas ya estaban plenamente abiertas y parecía que estuvieran evacuando Berlín Oriental. La gente no dejaba de cruzar como una gran marejada por la Puerta de Brandemburgo.

Anastasia finalmente calló.

—Querida *Babu* —le dijo su nieto Winston mientras la abrazaba—. Esa es una historia fascinante, pero deja más preguntas que respuestas.

Anastasia le sonrió a su nieto.

—Así sucede casi siempre. Ese es sólo el inicio de una historia que te he contado por pedazos; sólo había omitido a los protagonistas principales.

—Por eso, *Babu*. Pero ¿qué fue de John Mann? ¿Volviste a verlo? Y Konstantin… No entiendo por qué fue tan importante en tu vida. Lo conociste cuando eras prácticamente una niña, y él se quedó a construir la revolución rusa, mientras tú te fuiste de tu país. ¿Sabes qué fue de él?

—Claro que lo sé, Winston, querido *Enkel*. Vive al otro lado del muro y hoy tenemos una cita.

—Tienes que explicarme mejor esa parte.

—Konstantin y yo estábamos destinados a encontrarnos y a estar juntos. A amarnos. Muchas ocasiones la vida nos reunió de formas inverosímiles, pero siempre rehuimos al amor. A veces él, a veces yo, a veces los dos. Siempre le dimos más importancia a alguna otra cosa.

—¿Cuándo volviste a verlo?

—En 1924 murió Lenin y yo pensé, como casi todos, que el camarada Trotsky heredaría el poder. Ese hombre me inspiraba confianza. Decidí volver a Rusia, a Moscú, la nueva capital. Ahí me enteré de que Stalin lo engañó para que no llegara al funeral de Lenin. Tras eso, y una serie de manipulaciones al testamento de Lenin, Stalin logró tomar el poder. Decidí quedarme en Rusia. Así volví a ver a Konstantin.

—¿Qué era de él?

—Trabajaba para Stalin. Era parte importante de su círculo. Se había dejado endurecer por la vida. Casi no lo reconocí; sólo lo hice gracias a ese abrigo que nunca dejó de usar. Me acerqué a él con mucha ilusión, pero él me rechazó de inmediato.

—¿Por qué?

—Porque llegué a Moscú con John Mann.

—¿Seguías con Mann?

—No, él me dejó en Suiza y lo dejé de ver unos años. Cuando murió Lenin y quise viajar a Moscú, sentí miedo. Quería ayuda. Recordé, nunca olvidé, de hecho, aunque nunca lo había usado, el número de un código postal que me había dejado en el Astoria, en 1917, por si necesitaba comunicarme con él. Me arriesgué, le escribí… y dos semanas después se presentó en Suiza. Me dijo que era un momento perfecto, como todos en la vida; que aún no había hecho su viaje por Asia y quería hacerlo, y que tomar el Transiberiano en Moscú era una perfecta forma de comenzarlo. Fue así como me acompañó. Y aunque efectivamente abordó el tren con rumbo desconocido al interior de Siberia, Tino ya no quiso saber nada de mí… Pero no dejó de decirme que vivía con Aleshka y que ambos eran leales a Stalin y a la revolución.

Winston quedó pasmado, en silencio, con los ojos abiertos como platos y muy fijos en su abuela. Alrededor de ellos la historia del mundo cambiaba para siempre.

—¿Y tú qué hiciste?

—Amaba Rusia, así que me quedé. Pronto comencé a padecer los conflictos ideológicos. Yo pensaba que Trotsky era el heredero natural, el que debía continuar el proceso comunista de Rusia. Y tuve la terrible idea de manifestarlo en más de una ocasión, cuando Stalin, que no toleraba ningún tipo de oposición, comenzó a asediar a Trotsky y a sus simpatizantes.

—Esa historia ya la sé, Babu —dijo Winston sonriente—; ya aparece en los libros de historia. Stalin acorraló a Trotsky, lo exilió a Siberia, después lo expulsó de la Unión Soviética y al final su largo brazo asesino llegó hasta México para matarlo de un martillazo en la cabeza, en manos del agente Ramón Mercader.

—Así fue; intentaron asesinarlo en 1926, lo expulsaron del partido en 1927, lo acusaron de dirigir una oposición en 1928, lo que de hecho hacía, y de la que yo formaba parte, y lo expulsaron a Constantinopla en 1929. De ahí huyó a Francia, a Noruega y finalmente a México. Pero en

1929 hubo ejecuciones y deportaciones masivas de quienes eran sospechosos de simpatizar con él. Yo fui una de ellas.

—¿Cómo ocurrió eso?

—Un día de 1929 Konstantin se presentó en mi casa, con varios policías y con Aleshka. Me dijo que estaba acusada de traición, que el camarada Stalin recordaba el servicio que le había prestado en 1917, y que por eso sería perdonada y sólo expulsada del país. Me fui a Suiza y a Francia.

—¡*Babu*!, podrías hacer una novela o una película con esto. ¿Qué pasó después?

—No me gustaron los franceses, y ni siquiera quería probar suerte con los ingleses, así que me instalé en Berlín. Me sentía sola, confundida, triste, decepcionada del mundo… Entonces volví a encontrar a John Mann.

Winston no daba crédito a lo que escuchaba. Nada de eso tenía sentido: era una historia inverosímil; pero también había aprendido que la realidad supera la ficción. Ahí estaba presenciando la caída del Muro de Berlín, y si semanas antes le hubieran dicho que algo así ocurriría, lo habría considerado una locura.

—¡A John Mann! Pero ya era un viejo, ¿no?

—Aun no cumplía los sesenta, nieto insolente. Fue en enero de 1933, cuando el presidente alemán Paul von Hindenburg nombró canciller a Hitler, y él y sus nazis desfilaron con esvásticas y antorchas por la Puerta de Brandemburgo. John Mann apareció en mi casa… No me extrañó, ni le pregunté cómo me había encontrado.

—¿Y qué pasó con él, *Babu*? —pregunto Winston con picardía e insolencia.

—No pasó nada, nieto irreverente. Yo nunca amé a John Mann; no de la forma en que amé a Konstantin, el único amor real de mi vida. En su momento John Mann me inspiró pasión. Pero aquel John Mann parecía otra persona, el tiempo casi no había pasado por él: se veía radiante, vivo, sereno. No sé cómo explicarlo. Sólo me dijo que casi había dado la vuelta al mundo, que vivía en Berlín desde hacía dos años… Y que aquel era el momento de partir, pues la presencia de los nazis no le daba buena espina y que aquello no se pondría nada bien. Qué razón tuvo.

—¿Y te quedaste con él?

—No, pero le hice caso y salí con él de Berlín, y de Alemania. No podía volver a Rusia, ni quería saber nada de los ingleses y los franceses y terminé viajando a Nueva York.

—¿Volviste a saber algo de él?

—Lo vi una vez en Nueva York. Él estaba ahí y me encontró. Usaba otro nombre; no recuerdo cuál era. Ya no importa. Se veía con la misma paz y la misma luz de siempre.

—¿Y qué más?

—La última vez que supe de él fue por medio de una carta. Yo vivía de nuevo en Berlín. Era 1961 él debía tener unos ochenta y cinco años. Me escribió una hermosa carta en la que me decía que finalmente le había llegado el momento de morir; que no había muerto antes porque después de viajar por todo el mundo no encontraba un lugar digno para hacerlo. Así es que había comprado un yate que llenó de provisiones para más de un año. Estaba cruzando el Canal de Suez cuando la escribió. Decía que había decidido morir en el mar y que esperaba hacerlo rumbo al océano Pacífico, el único lugar del globo que no conoció.

Anastasia guardo silencio, esbozó una leve sonrisa y lentamente comenzó a ponerse de pie.

—Ya casi es medianoche, querido Winston. Tratemos de acercarnos al bullicio. Konstantin ya habrá tenido tiempo de llegar.

—Sigo sin comprender cómo hiciste la cita que tienes con él.

—Ocurrió el 13 de agosto de 1961, Winston. Yo vivía en Berlín; Konstantin también. Era ingeniero, seguía trabajando incansablemente para el régimen soviético que, entonces, desde el final de la Segunda Guerra Mundial, dominaba toda Europa Oriental, incluida la Alemania comunista, y la mitad este del Berlín dividido.

—La noche del 13 de agosto de 1961 levantaron sorpresivamente el muro —apuntó Winston.

—Así es. Él, como ingeniero que era, conocía ese proyecto. Al anochecer de aquel día irrumpió en mi casa y me contó lo que estaba por ocurrir: levantarían un muro divisorio y nadie podría volver a cruzar de un lado a otro de Berlín. Por cuestiones sentimentales yo vivía en el sector soviético. Me dijo que tomara algunas cosas, lo que pudiera, y que él me llevaría hasta donde pudiera cruzar al sector estadounidense.

Anastasia se detuvo, se quedó de pie, ahí, contemplando el muro, la Puerta de Brandemburgo, y la fiesta a su alrededor.

—¡Maldito necio! —gritó Anastasia.

—¿Qué pasa, *Babu*?

—Le dije que se quedara conmigo de este lado, que ya todo había pasado, que la revolución había terminado en otra opresión, que no estaba comprometido con nada, que ya éramos mayores, que nos amábamos… Le rogué que se quedara conmigo de este lado del muro.

—¿Qué te respondió?

—Me miró fijamente. "No puedo", me dijo con severidad. "No puedo, Annya… Yo ayudé a construir esta revolución, este sistema, este régimen, y ahora este muro. No puedo. Pertenezco de este lado. Pero tú tienes que salvarte."

Winston enmudeció. La historia del mundo cambiaba a unos metros de donde se hallaban, y de pronto estaba inmerso en aquella historia trágica que le contaba su abuela. Una historia humana, de emociones y sentimientos, de ideologías que cegaban el amor. Incluso él, que no conocía Konstantin, que apenas comenzaba a creer que era un hombre real, derramó una lágrima.

—Es una historia muy triste, *Babu*.

—Según como la veas, mi querido *Enkel*. Las cosas son simplemente lo que son.

—¿Y qué hay de la cita?

—Lo miré tiernamente. "Tino querido", le dije, "el único muro lo has construido alrededor de tu corazón. Pero, créeme, tanto ese muro interior, como éste que dices que van a levantar, caerán. Los muros siempre caen, te lo aseguro. Lo creo tanto, querido Tino, que simplemente te diré que te veré aquí en la Puerta de Brandemburgo cuando el muro caiga".

Winston estaba azorado. Era una historia triste, romántica pero también heroica. Una historia muy humana. Lo comprendió y lo creyó todo. Su abuela, su querida *Babu*, efectivamente tenía una cita con el amor de su vida.

—No quisiera decir esto, *Babu*… pero ni siquiera sabes si está vivo.

—Mi corazón me dice que está vivo. Sólo hay una forma de saberlo. Si está vivo, en algún momento cruzará la Puerta de Brandemburgo.

—¿Y qué hay de mí? Siempre dices que ese hombre es responsable de que yo esté de este lado del muro.

Anastasia estaba de pie, firme frente al muro, en espera de que se concretara su cita. Miró a Winston. Era momento de contarle esa parte de la historia.

221

—Querido Winston, nunca te oculté que tú no eres mi nieto. Yo ni siquiera tuve hijos. Tú fuiste mi hijo; te cuidé desde bebé y siempre me dijiste abuela… *Babu*, porque tengo edad de ser eso. Nunca quise engañarte; por eso desde que tuviste un poco de madurez te conté que no eras mi nieto, que te habían dejado a mi cuidado.

—¿Me estás diciendo que Konstantin es mi padre?

—No, Winston. Esa noche, el 13 de agosto de 1961, Konstantin irrumpió en mi hogar para decirme que me fuera del sector oriental de Berlín, porque se convertiría en una gran cárcel. Esa noche él llevaba consigo un bebé de un año. Ese bebé eras tú. Ese necio de Konstantin sabía que las cosas no estarían bien de ese lado del muro y aún así quería quedarse… Pero dijo que no era justo para ti.

—¿Pero yo quién soy, entonces?

—Tu padre era opositor al régimen y fue desaparecido cuando tu madre estaba embarazada. Konstantin era su vecino y la tomó bajo su cuidado. Ella murió durante el parto y él decidió quedarse contigo y cuidarte. Eso me contó antes de entregarte conmigo. Dijo que no era justo para ti, que ojalá yo pudiera criarte en libertad de este lado del maldito muro.

2

Julia y Konstantin estaban cada vez más solos. El sector oriental de Berlín se hallaba literalmente vacío. Nadie quería arriesgarse a que la medida de abrir el muro fuera temporal. Ya era desde antes una ciudad sin alma, sin vida, sin color, y ahora era una ciudad sin gente. La joven y el anciano caminaban con paciencia hacia la Puerta de Brandemburgo.

—Herr Konstantin —exclamó Julia emocionada—, es una historia fascinante. Gracias por compartirla. Es el origen de todo… de todo. Es decir, del siglo xx, de la Unión Soviética, de esta Alemania dividida, y el inicio de todas sus historias. Esa mujer Annya fue el amor de su vida. ¿Por qué nunca me había contado sobre ella?

—Precisamente por eso, querida camarada Julia, porque fue el amor de mi vida, el primero y el único real que tuve, y cada oportunidad que la vida me dio para estar con ella la desperdicié.

—Quiere decir que sí la volvió a ver.

—Creo que estábamos destinados, Julia, si tal cosa es posible. La vida nos cruzó varias veces como diciéndonos: "Sí, sí, son ustedes". Yo nunca escuché a la vida, ni la voz de mi corazón. Sólo atendí a mi ideología.

—Por favor, cuénteme más.

—Ella volvió a Rusia en 1924, tras la muerte de Lenin, Entonces la volví a ver… Iba con John Mann. ¡Como la odié en ese momento! Yo seguía emparejado con Aleshka, pero no por amor. La nuestra era una relación políticamente conveniente. Los dos éramos buenos y leales camaradas y teníamos oportunidades juntos. Cuando vi a Annya en Moscú hubiera querido correr hacia ella, besarla, abrazarla, arrodillarme ante ella y declararle mi amor incondicional.

—¿Y se detuvo por la presencia de aquel hombre? ¿Estaban casados, o algo así?

—No. Él tomó el tren Transiberiano y desapareció, mientras que Annya se quedó a vivir en Moscú.

—¿Y entonces?

—Yo estaba con Aleshka, cerca del camarada Stalin… Y Annya era simpatizante de Trotsky. Hoy sé lo estúpido que es eso, pero en aquella época me parecía fundamental. No podíamos estar juntos si no compartíamos ideas sobre el comunismo.

Julia miró a Konstantin. Evidentemente, era un buen hombre que cometió el error de no escuchar a su corazón y dejar que su mente rigiera su vida, un hombre que renunció al amor de una mujer por el amor de una causa: la causa que se estaba viniendo abajo junto con ese muro. A lo lejos se escuchaba el bullicio. La fiesta de la libertad.

—No sé qué decirle, Herr Konstantin.

—No digas nada, sólo aprende. El amor va por delante de todo. Es la única salvación de la humanidad.

—¿Y ya no la volvió a ver?

—En 1929 la expulsé de la Unión Soviética, cuando comenzaron las purgas contra los seguidores de Trotsky. Me presenté en su casa con un comando, y con Aleshka, a quien llevé conmigo sólo para herir a Annya, para hacerle saber que yo estaba con ella.

—¿Así sin más, la expulsó?

—Ella era opositora activa al régimen de Stalin, escribía críticas y se carteaba con Trotsky. En realidad, todos esos opositores fueron condenados a muerte. Yo le recordé a Stalin que esa mujer nos había dado información vital en 1917, gracias a lo cual logré que me concediera expulsarla en lugar de ejecutarla. Muy pocos gestos humanos le conocí a Stalin. Ese fue uno.

—Pero ahí no termina todo. Dice usted que tiene una cita con ella hoy. ¿Cómo es posible eso?

—Dejé de ver a Annya durante muchos años. De hecho, la encontré dos décadas después. Aleshka me dejó al año siguiente de deportar a Annya; se fue con otro camarada que le sería más útil en su carrera política. Eso pasa cuando te emparejas por negocio y no por amor, como hace tanta gente de este lado del mundo, y seguramente también del otro. Leopold y Katya fueron purgados por Stalin en la década de los treinta, y Vlad murió a mi lado en la batalla de Stalingrado, en 1942. Después estuve en las tropas que libraron la Batalla de Berlín en 1945. Creo que te he contado que yo puse la bandera soviética en el Reichstag.

—Me lo ha contado varias veces.

—Bueno, esa historia no es cierta del todo, ¿sabes? La escena no ocurrió así y no sucedió el 2 de mayo. Tuvo lugar como una semana después cuando, con mucha más calma, diseñamos la escena. Yo hice la fotografía. Era una competencia ideológica: los estadounidenses habían hecho que la fotografía con su bandera en Iwo Jima le diera la vuelta al mundo y debíamos responder con un icono similar. Por cierto, la foto de Iwo Jima también fue diseñada. Las dos imágenes más famosas de la Segunda Guerra Mundial son falsas.

—La verdad, no me extraña… Pero cuénteme de Annya.

—La vi en 1949, en el Berlín ocupado. No me sentí digno de ella y no me acerqué.

—¿Así nada más?

—Ella me había dicho que nunca olvidara que yo era un buen hombre, y ya lo había olvidado muchas veces. Pero volví a verla en 1961. El 13 de agosto, el día en que, entre soviéticos y alemanes, levantamos este muro. Yo conocía el proyecto y sabía qué pasaría. Esa noche llegué de improviso al departamento de Annya, en el sector soviético de Berlín. Le dije lo que iba a pasar y le sugerí que se fuera del otro lado. Yo me había quedado al cuidado del bebé de dos camaradas que acababan de morir… Se lo entregué a Annya, le dije que no era justo para él, que ojalá ella pudiera críalo en libertad del otro lado del muro.

—¿Y qué hizo ella, Herr Konstantin? ¿Por qué no se quedó usted también si sabía lo que iba a pasar?

—Ella me lo advirtó. Me dijo que ya olvidara todo y me quedara con ella del otro lado. Yo no podía hacerlo. La revolución que ayudé a construir iba a levantar ese muro, el régimen que colaboré a consolidar iba a construir esa gran prisión. No me sentía con derecho de quedar fuera de ella.

La joven y el anciano ya estaban en la Puerta de Brandemburgo. Los berlineses festejaban de ambos lados con los accesos abiertos.

—Ese día Annya me dijo que el único muro estaba en mi corazón, y que todos los muros caían, que creía tan ciegamente en eso, que me vería aquí en Brandemburgo cuando éste cayera. Ha llegado la hora.

BERLÍN

10 de noviembre de 1989

La gente dejó de tener miedo al régimen; entonces el régimen cayó. Un régimen construyó un muro divisorio, una prisión para el pueblo en nombre del pueblo, de los desposeídos y los explotados. Un muro dividió una ciudad, un país, un continente y a la humanidad. Una prisión se erigió con la libertad como bandera. Un régimen levantó una pared ideológica de ladrillos de intolerancia. El pueblo derribó esa pared veintiocho años después.

Llegó la medianoche. Un día terminó para dar lugar al siguiente. Ya era 10 de noviembre y la fiesta seguía del lado occidental del muro. En el sector este sólo se veían calles vacías, autos abandonados, pintas en las paredes. Tras los accesos abiertos del muro se veía la celebración de la libertad.

Anastasia estaba frente a la Puerta de Brandemburgo esperando con paciencia y con fe, sosteniéndose de Winston, quien ahora también sentía emoción y esperanza de ver a Konstantin. La gente seguía entrando al Berlín Occidental.

Konstantin se detuvo frente a la parte oriental de la puerta. Tenía una cita; sabía que Annya estaba del otro lado. No podía ser de otra forma. Julia lo abrazó y le dio aliento. El anciano siguió su lento caminar. Llegó al muro. Había gente con picos, palas, martillos y mazos destruyendo el muro, llenos de rabia. "Ojalá sepan encauzar esa ira", pensó el viejo camarada.

Se detuvo en seco. Tenía miedo. Sentía un hueco en el corazón.

Annya esperaba impaciente. Estaba atestiguando el fin de una historia y esperaba poder vivir el fin de su historia con Konstantin. Veía la esperanza reflejada en los rostros de los jóvenes. Parecía que todo cambiaba, aunque sabía que las masas nunca cambian. Recordó otra de las profecías de Rasputín: "Los hombres están caminando hacia la catástrofe. Serán los menos capaces quienes llevarán las riendas. Así será en Rusia, igual que en Francia, en Italia y otros lugares… La humanidad será aplastada por el alboroto de los locos y de los malhechores. La sabiduría será encadenada. Serán el ignorante y el prepotente quienes dictarán la ley al sabio y también al humilde".

Así había sido el siglo xx, así había resultado el sueño proletario de los soviéticos, y asimismo había sido el llamado mundo libre. Ahora que con el muro caía el llamado telón de acero, Anastasia estaba segura de que nada sería diferente.

Con la ayuda de Winston se filtró entre la multitud. Sabía que en cualquier momento aquel hombre llegaría desde el otro lado del mundo. Apoyado en Julia, Konstantin finalmente pisó el sector occidental de Berlín; sabía que aquella mujer con la que tenía una cita hacía veintiocho años atrás lo estaría esperando.

Fue Annya quien lo vio primero. Descubrió a un hombre que a pesar de la edad se veía fuerte, alto y robusto. Se topó con su mirada inconfundible. Ahí estaba esa luz que ella vio desde que eran jóvenes. Konstantin levantó la cara. Ahí, frente a él, a pocos metros, se hallaba ella. Era una mujer inconfundible, cuya belleza no desaparecía con los años porque provenía desde lo más profundo de su ser.

Annya y Konstantin caminaron el uno hacia el otro, cada uno con el apoyo de sus jóvenes acompañantes. Quedaron frente a frente, a un metro de distancia el uno del otro. Nadie dijo nada: el amor profundo que nació en ellos a principio del siglo hablaba en el ambiente.

—Todos los muros caen, querida Annya, tenías razón.

—El muro finalmente ha caído.

Los dos ancianos se abrazaron en silencio. No había nada que decir. Todos los muros caen y aquel había caído por fin. Eso era lo único importante. Julia y Winston se miraron mutuamente; cada uno pudo ver lágrimas en los ojos del otro.

—¿Te contó su historia? —preguntó Julia.

—Me lo contó todo —respondió Winston.

Los dos muchachos, más o menos de la misma edad, se abrazaron. Como todos los demás que se abrazaban en Berlín, ellos eran dos alemanes contemplando cómo caía la barrera que las ideologías habían puesto entre ellos. Se abrazaron, rieron juntos, lloraron juntos, desearon juntos que aquel fuera el inicio de un mundo mejor.

—Querido Tino —dijo al fin Anastasia—. Quiero que conozcas a alguien —tomó del brazo a Winston, a su nieto adoptivo, y lo colocó frente a Konstantin—. Quiero presentarte a Winston Mijailovich.

Algo se movió muy dentro de Konstantin al tiempo que Winston lo tomaba de ambas manos para decirle simplemente: "Muchas gracias".

—¿Qué dices? —exclamó Konstantin.

—Winston Mijailovich. El muchacho que dejaste en mis brazos de este lado del muro.

—Pero ¿por qué le pusiste ese nombre?

—Bueno, querido, Winston en honor del personaje de un libro que estoy seguro estaba prohibido de tu lado del muro... y Mijailovich. Bueno, aunque es alemán, decidí ponerle al apellido en honor de mi padre.

—Alguna vez me dijiste que yo me llamaba como tu padre: Konstantin.

—Lo recuerdo bien. Y tú me explicaste que no era tu nombre, sino que lo usabas en honor de un buen hombre que te salvó la vida durante la guerra.

—Konstantin Mijailovich.

Fue Anastasia la que enmudeció y la que sintió moverse algo en lo más profundo de su corazón.

—¿Cómo dices?

—El hombre que me salvó en la guerra. Yo tenía dieciséis años; él, unos cuarenta. Estaba herido de muerte pero tenía un salvoconducto a su nombre para volver a San Petersburgo. Él me lo dio para que yo volviera en su lugar... Se llamaba Konstantin Mijailovich.

Las lágrimas corrieron profusamente por las mejillas de Annya. Winston y Julia estaban atónitos. En ese momento, Konstantin abrió el lado izquierdo de su abrigo viejo y desgastado. Había una medalla colgada por dentro, escondida. Konstantin se la mostró a Anastasia.

—Es la medalla de la orden de San Alexander Nevsky —exclamó Annya.

—Me la dio el hombre que me salvó y siempre la conservé en su honor. Me dijo que la había obtenido por sus méritos… Y que la había bendecido…

—Grigori Yefimovich—, completó Anastasia.

Los ancianos se tomaron de ambos brazos mientras los jóvenes se abrazaban embargados por la emoción.

—Querida Annya.

—Querido Tino.

Guardaron silencio. Los viejos comenzaron a caminar como una pareja de toda la vida que va de paseo. Anduvieron en la celebración de libertad que llenaba Berlín. El muro ha caído. Winston y Julia comenzaron a seguirlos instintivamente. Habían protagonizado una maravillosa historia de amor.

La Puerta de Brandemburgo se fue quedando atrás. Comenzaba un nuevo mundo, una vez más. Anastasia recordó las palabras de Rasputín que, en medio de profecías de catástrofe, muerte y destrucción, también ofrecían el amor como única alternativa: "Cuando los tiempos estén cercanos al precipicio, el amor del hombre por el hombre será una planta seca. En el desierto de aquel terreno florecerán solamente dos plantas: la planta del provecho y la planta del egoísmo. Las flores de estas plantas podrán ser, sin embargo, cambiadas por las flores de la planta del amor. El amor fraterno es la única gran medicina, es lo único que puede guiar y salvar a la humanidad. El amor total, absoluto e incondicional. Esa es la única revolución".

BREVE CRONOLOGÍA DE EUROPA, RUSIA Y LAS REVOLUCIONES

Siglo xiv La peste negra mata a la mitad de la población de Europa, unos 40 millones de personas. Repoblar y reconstruir el continente después de la peste, implicó la destrucción del orden feudal. Comienza un proceso de auge económico de la clase de comerciantes: la burguesía.

1453 Los turcos otomanos toman Constantinopla. Fin del Imperio bizantino.

1472 Iván el Grande Moscovia se casa con Sofía Paleólogo, sobrina del último emperador, y se proclama zar (césar).

1492 Descubrimiento de América. Los flujos comerciales y de oro y plata derivados de la colonización de América incrementan el poder económico de la burguesía.

1517 Comienza la Reforma luterana. Del pensamiento de Lutero, y después del reformista Calvino, surge una ética religiosa que justifica y premia el enriquecimiento. Base fundamental del futuro capitalismo.

1613   Comienza en Rusia la dinastía Romanov, en la persona de Miguel I.

1730   Se construye la máquina de vapor. Comienza simbólicamente la Revolución industrial.

1776   Se publica *La riqueza de las naciones*, de Adam Smith, base de las ideas capitalistas y de la economía liberal.

1789   Toma de la Bastilla. Comienza simbólicamente la Revolución francesa.

1804   Napoleón se corona emperador.

1812   Los rusos derrotan a Napoleón. De medio millón de soldados que entran a suelo ruso, vuelven 30 000.

1814-
1815   Congreso de Viena. Las casas reales establecen el reacomodo del poder en Europa. Se restablecen las monarquías y se atacan las ideas liberales.

1830   Ola de revoluciones en Europa, todas sofocadas.

1848   Marx publica el *Manifiesto del Partido Comunista*. Ola de revoluciones comunistas en Europa. Todas aplacadas por la fuerza.

1868   Nace Nicolás Romanov.

1869   Nace Rasputín.

1870   Nace Lenin.

1871   Francia es derrotada en la guerra franco-prusiana. Termina el proceso de unificación alemana con la creación del Imperio alemán. En París surge el gobierno comunista de la Comuna de París, que es aplastado por el ejército republicano de Adolphe Thiers.

1878   Nace Stalin.

1879	Nace Trotsky.
1894	Nicolás II Romanov es proclamado zar de Rusia.
1904	Comienza la guerra ruso-japonesa.
1905	Domingo Sangriento en Rusia.
1910	Comienza la Revolución mexicana.
1911	Revolución nacionalista china. Cae el Imperio chino.
1913	Rusia conmemora los 300 años de la dinastía Romanov.
1914	Comienza la Primera Guerra Mundial.
1916	Firma de los acuerdos Sykes Picot entre Inglaterra y Francia para repartir Medio Oriente.
1916	Asesinato de Rasputín.
1917	En febrero abdica el zar Nicolás II. Lenin toma el poder en octubre.
1918	En marzo la Rusia bolchevique firma la paz con Alemania a cambio de territorio. Revoluciones comunistas fallidas en Alemania, Polonia, Austria y Hungría.
1917-1922	Guerra civil rusa.
1922	Se firma el tratado de creación de la Unión Soviética.
1924	Muere Lenin. Toma el poder Stalin.
1929	Trotsky es expulsado de la URSS.
1933	Los nazis toman el poder en Alemania.
1939	Firma del pacto germano-soviético entre Hitler y Stalin. Invaden Polonia en septiembre. Comienza la Segunda Guerra Mundial.
1940	Trotsky es asesinado en México por Ramón Mercader, agente de Stalin.
1941	Alemania comienza la Operación Barbarroja, la invasión de la URSS.

1942   Los nazis son derrotados por los soviéticos en la Batalla de Stalingrado.

1945   Los soviéticos ganan la batalla de Berlín y toman la capital alemana. Berlín es ocupado por los soviéticos y por los aliados occidentales. Dividen la ciudad en sectores.

1949   Alemania es dividida en República Federal Alemana, la Alemania occidental capitalista bajo influencia estadounidense, y la República Democrática Alemana, la Alemania oriental, comunista, bajo influencia soviética. Revolución comunista China.

1953   Muere Stalin.

1961   Se construye el muro de Berlín.

1985   Gorbachov asume el poder en la URSS.

1989   Cae el muro de Berlín.

1990   Se reunifica Alemania.

1991   Se disuelve oficialmente la Unión Soviética.

ÍNDICE

1917 Traición y revolución de Juan Miguel Zunzunegui
se terminó de imprimir en septiembre de 2017
en los talleres de
Litográfica Ingramex, S.A. de C.V.
Centeno 162-1, Col. Granjas Esmeralda, C.P. 09810
Ciudad de México.